KB187183

클래스메이트

2학기

CLASSMATES <KOKI>

© Eto Mori 2014, 2018
First published in Japan in 2018 by KADOKAWA CORPORATION Tokyo.
Korean translation rights arranged with KADOKAWA CORPORATION Tokyo
through Eric Yang Agency Inc, Seoul.

이 책의 한국어판 저작권은 EYA(Eric Yang Agency)를 통해 KADOKAWA CORPORATION
과 독점 계약한 에디터유한회사에 있습니다. 저작권법에 의해 한국 내에서 보호를 받는 저작
물이므로 무단 전재 및 복제를 금합니다.

클래스메이트

2학기

모리 에토 지음 · 권일영 옮김

스토리텔러

차례

1학기 차례

13.

가을 해는……

유카

10월이 되자 밤이 길어졌다. 여름에는 6시, 7시에도 환했는데 이제 5시만 돼도 어둑어둑해진다. 저녁놀이 하늘을 녹여 어둠이 밀려오면 이제 하루가 끝났구나 하는 기분이 들어 구보 유카는 일주일에 세 번 학원에 가는 것도 우울했다.

물론 그렇다고 해서 학원을 빼먹거나 하지는 않는다. 구보 유카의 사전에는 '게으름'이란 없다.

가을방학[1] 4일째인 그날 밤에도 집 근처에 있는 학원에서 7시 반부터 9시 50분까지 열심히 수업을 들었다.

"가을 해는 두레박처럼 빨리 떨어진다더니 정말이네."

불쑥 이런 말이 나온 것은 같은 학원에 다니는 히나코와 함께 집으로 돌아가던 중이었다.

"뭐? 그게 뭐야? 두레박?"

"두레박이라고 우물에 집어넣어 물을 긷는 통이 있어. 그게 주르륵 우물 안으로 떨어지듯 가을 해는 눈 깜작할 사이에 진다는 뜻이지."

"어머, 용케 할머니들이 쓸 것 같은 그런 말을 아네. 역시 구보 유카야."

늘 그렇듯 히나코는 과장된 리액션을 보였다. 칭찬인지 놀리는 건지 알 수 없다. '역시'라는 의미가 궁금하지만 유카는 깊게 캐묻지 않기로 했다. 갈림길이 가까워졌기 때문이다.

"그보다 내일 잘 부탁해."

"내일?"

"응, 반장."

1) 일본은 지역과 학교에 따라 9월 말에서 10월 초에 3일에서 1주일쯤 가을방학이 있다.

"아…… 그래. 물론이지. 내게 맡겨. 내가 추천해서 반드시 널 당선시킬게."

주먹으로 가슴을 두드리는 히나코와 헤어진 뒤에도 유카는 불안을 떨칠 수 없었다. 히나코의 '반드시'라는 말은 믿을 수 없다. 뭐든 큰소리를 치면서 실천은 따르지 않는 게 히나코의 단점이다.

반에서 좀 밀려난 느낌이 드는 애들과 가까이 지낸 지 이제 반년. 유카는 이미 히나코에게 정나미가 떨어졌다. 그러면서도 함께 어울리는 까닭은 달리 친한 친구가 없기 때문일 뿐이다. 반에서 혼자만 밀려나는 것과 둘이 밀려나는 것은 전혀 다르다는 사실을 초등학교 때 배웠다.

"다녀왔습니다."

달도 뜨지 않은 쓸쓸한 하늘을 우울하게 바라보면서 집에 돌아온 유카는 현관에 놓인 아버지 구두를 보고 흠칫 놀랐다. 이런 시간에 귀가하기는 오래간만이다.

잔뜩 긴장해서 발소리를 죽이고 거실로 가자 아버지와 어머니, 그리고 언니 치호가 식탁에서 감을 먹고 있었다.

"아, 유카. 이제 오니?"

아버지가 제일 먼저 돌아보며 굵은 목소리로 말했다.

"이리 앉아라. 너희 학교 내일부터 2학기 시작이지? 반장 선거 잘 치러. 언니 못지않게 해야지."

구보 유카는 고개를 숙였다.

역시 아버지는 기억하네—.

지난달 말, 한 살 위인 언니 치호가 기타미2중 학생회 선거에서 부회장으로 당선되었다. 그때까지 서기였으니 한 단계 올라간 셈이다. '대단하구나' 하며 기분 좋아하던 아버지는 그날 밤 여느 때보다 일찍 퇴근해 축하 와인을 땄다. 술기운이 거나하게 오른 아버지는 유카에게 물었다. 다음엔 네 차례다. 네 목표는 뭐냐, 라고. 아버지의 갑작스런 질문에 유카는 그만 '2학기 반장'이라고 대답하고 말았다.

"반장이 될 수 있을지 어떨지는 아직 모르겠어요."

식탁에 놓인 감을 바라보며 유카는 기어들어 가는 목소리로 대답했다. 아무리 윤이 나고 맛있어 보이는 과일도 지금은 그림의 떡으로밖에 보이지 않았다.

"친구가 추천해 주겠다고 했지만 후보자가 더 있을 때

는 전체 투표를 해야 해서……."

말을 마치지도 않았는데 아버지가 먼저 입을 열었다.

"어렸을 때부터 집단의 대표자 역할을 해 보는 건 좋은 일이지. 리더십을 발휘할 수 있는 사람과 그러지 못하는 사람은 사회에 나와서도 크게 차이가 나거든. 후보가 몇 명이 나오건 좋은 결과를 얻도록 해라."

"뭐 반장쯤이야."

아버지 옆에서 치호가 웃었다.

언니의 심술궂은 웃음보다 아버지의 말이 더 유카의 가슴을 때렸다.

아버지는 결과를 중요하게 여긴다. 중요한 것은 결과를 내는 일. 열매를 거두지 못하는 노력은 자기만족에 지나지 않는다. 그런 믿음으로 살아왔기 때문에 지금 다니는 회사에 아르바이트로 들어가 계약사원, 그리고 정사원으로 올라설 수 있었다고 한다.

"잘 들어, 유카. 요즘 세상은 정사원 자리가 한정되어 있어. 사회에 나가면 적이 아주 많지. 반장 선거는 장차 실전에 대비해 실력을 시험해 보는 거라고 생각해야 해."

"예."

"어떤 적수를 만나건 겁먹지 말고 맞부딪히는 거야. 중요한 건 마음가짐이지. 사람은 의지가 굳어야 해. 모두 다 정신력에 달렸단다."

"예."

"아빠는 의지력으로 승부해 왔어. 넌 내 딸이다. 틀림없이 잘 해낼 수 있을 거야."

"예."

"자, 너도 감 먹어라."

긴장해서 고개를 숙이고 살며시 감을 집어 들었다. 잘 익은 감을 포크로 찍어 입에 넣자 사르르 녹았다. 하지만 아무런 맛도 느낄 수 없었다.

역시 히나코는 말뿐이었다.

이튿날, 전교생이 한자리에 모여 2학기 시업식을 마친 뒤 1학년 A반은 예정대로 자리 바꾸기와 반장 선거가 진행되었다.

"우선 후보자를 정해야겠죠. 의견 있는 학생은 이야기

해 주세요. 입후보도 좋고 추천도 좋고."

후지타 선생님이 말을 마치자 게이타로가 바로 손을 들었다.

"예. 저는 1학기 반장이었던 오노 히로를 추천합니다. 1학년 A반 반장은 오노 히로뿐이라고 생각합니다."

그러자 히로라고 불리는 오노 히로마사의 팬들 사이에서 요란한 박수 소리가 났다. 이때 히나코는 이미 움츠러들었는지도 모른다. 그 뒤 마코토와 고노짱, 리오, 신페이가 추천을 받았지만 히나코는 도무지 손을 들어 의견을 발표하려고 들지 않았다. 흘끔흘끔 훔쳐보는 유카 쪽은 보려고 하지도 않았다. 역시 히나코를 믿은 내가 잘못이다. 이렇게 후회도 했지만 이미 늦었다.

이대로 끝낼 수는 없다. 후보마저 되지 못한다면 아버지에게 할 말이 없다.

이렇게 된 이상 어쩔 수 없다. 유카는 마음을 굳히고 후지타 선생님이 입부보자가 더 없느냐고 묻기를 기다려 '예' 하고 손을 번쩍 들었다.

바로 교실 안이 술렁거렸다.

"엑."

"허걱."

"구보 유카?"

여기저기서 비명에 가까운 소리가 들려왔다.

유카는 기죽지 않고 계속 손을 들고 있었다. 의지력, 의지력. 약한 모습을 보이면 지는 거야.

"구보 유카가 후보로 나섰고, 그밖에 다른 후보자는 없어요? 그럼 후보 여섯 명은 한 명씩 나와서 2학기 포부를 이야기해 주세요."

선생님의 제안에 다른 후보자들이 '엑' 하고 몸을 뒤로 젖히며 싫은 표정을 지어도 유카는 자세를 흐트러뜨리지 않았다. 한 반의 리더가 되려면 당연히 자기 포부를 밝혀야 한다. 처음부터 꽁무니를 빼는 다섯 명이 한심하게 여겨졌다.

"그럼 먼저 오노 히로부터."

라이벌 의식을 드러내는 구보 유카에 앞서 제일 먼저 1학기 반장이었던 히로가 교단으로 걸어 나갔다.

"음, 제가…… 1학기에는 여러모로 부족한 점이 많아

미안했습니다. 만약 2학기에도 반장이 된다면 1학기에 못다 한 일들에 온 힘을 기울이겠습니다. 특히 다마치 가호가 다시 학교에 돌아올 수 있도록 1학기보다 더 노력하겠습니다."

이어서 교단에 선 1학기 부반장 마코토도 비슷한 내용으로 발언했다.

"저도 1학기는 반성할 점이 너무 많네요. 부반장으로서 전혀 도움이 되지 못해 미안합니다. 2학기에도 자신은 없지만 역시 다마치 가호 문제가 있어서……. 이따금 반장과 함께 다마치 가호를 만나러 갔는데 조금씩 이야기를 나눌 수 있게 되었으니 조금 더 노력하면 잘 해결되지 않을까 생각합니다. 만약 2학기에도 뽑아 주신다면 더 열심히 하겠습니다."

두 사람이 가호를 만나러 집으로 찾아갔다는 사실을 알게 된 반 학생들은 '와아', '역시' 하며 감탄사를 내뱉었다.

유카는 새삼 인간성을 정면으로 들고나오는 두 사람은 역시 강적이라고 생각했다. 하지만 마음씨가 좋기만 해서는 반을 통솔할 수 없다. 그 증거로 다마치 가호를 아무리 찾아갔어도 두 사람은 아무런 결과도 내지 못했다.

"의견 발표 같은 건 피곤하니까 됐고. 그냥 얼른 가위바위보로 정하자!"

곤도 신야가 이렇게 투덜거리는 것도 학급 규율이 흐트러졌다는 증거다.

지금 1학년 A반에 필요한 것은 마음씨 좋은 리더가 아니라 강력한 리더다.

그런 면에서 수줍어 쭈뼛거리는 고노짱, 반대로 불쾌하다는 표정으로 입을 꾹 다문 리오는 전혀 상대가 아니었다.

"음, 저는 1학기에 야베 마코토가 부반장으로 일하는 모습을 보았는데…… 고민하며 노력하고, 다마치 가호가 학교에 나오지 않아 걱정하는 모습을 보며 나는 저만큼 할 수 없겠다는 생각이 들었어요. 그래서 저는 솔직히 2학기 반장과 부반장도 오노 히로와 야베 마코토가 맡으면 좋겠다고 생각해요."

"저도 마찬가지입니다. 저는 반을 이끌거나 하는 일이

서툴러 반장을 하고 싶지 않습니다."

이런 식이면 라이벌로서는 실격이다.

다섯 번째로 교단에 오른 신페이는 개그를 늘어놓았다.

"내가 반장이 되면 우선 수업 시간을 50분에서 40분으로 줄이겠다. 대신 점심시간을 한 시간 연장하지. 그리고 시험을 줄이고 체육 시간을 늘리고 숙제를 내면 안 되는 교칙을 만들 거야. 어때!"

와아. 다들 흥분했다. '야, 네가 교육부 장관이냐?' 소타가 쏘아붙이자 다들 깔깔 웃었다.

분위기가 확 바뀐 것은 마지막 후보자인 구보 유카가 교단에 섰을 때였다.

교실 여기저기서 아직 가라앉지 않았던 웃음이 딱 멈췄다. 웃음소리뿐 아니라 학생들이 앉은 책상이 바다 위를 떠가는 작은 배처럼 일제히 뒤로 쑥 멀어지는 듯한 착각이 들었다. 유카는 '신페이가 여기 섰을 때는 그렇게 가깝게 보이더니' 하는 생각이 들었다.

안 돼. 자꾸 움츠러드는 스스로를 질책했다. 의지력,

의지력, 의지력. 이만한 일로 기가 죽으면 수많은 적이 우글거리는 이 세상을 살아갈 수 없다.

눈에 힘을 주고 학생들을 한 명씩 찬찬히 둘러보았다. 거친 파도에 맞서듯 다리에 힘을 주고 어젯밤 늦게까지 매만진 의견을 발표하기 시작했다.

"만약 제가 반장이 되면 힘을 다해 1학년 A반을 근본적으로 다시 만들겠습니다. 1학기에도 생활위원으로 할 수 있는 노력은 다 했다고 생각하지만 역시 생활위원은 한계가 있었습니다. 예를 들면 교실을 깨끗하게 유지하는 것은 미화위원이 할 일이지만 1학기 미화위원은 맡은 일을 아무것도 하지 않았죠. 제가 반장이 되면 바로 다시는 그런 일이 없도록 먼저 각 위원들이 자기 일을 제대로 하도록 철저하게 단속하겠습니다. 모두가 정신을 바짝 차리면 반드시 결과가 나타날 겁니다. 지금 A반은 성적으로나 학급 분위기로나 B반과 차이가 나지만 아직 만회할 수 있습니다. 2학년이 되기 전까지 저는 1학년 A반이라면 가슴을 쭉 펼 수 있는 그런 학급으로 만들겠습니다. 반장으로 뽑아 주시면 반드시 결과를 보여 드리겠습니다."

에취!

의견 발표를 마친 유카의 귀에 옆 교실에 있는 누군가
가 재채기를 하는 소리가 들렸다.

평소에는 들리지 않던 B반의 소음이 두꺼운 벽을 넘어
들릴 만큼 A반 교실은 물을 끼얹은 듯 조용했다.

"그럼 개표하겠습니다! 오노 히로마사……."

무기명 투표 결과, 첫 표를 담임 선생님이 펼쳤을 때 유
카는 긴장한 나머지 손가락이 떨렸다. 심장이 다른 아이
들에게 들릴 지경으로 쿵쿵 뛰었다. 하지만 개표가 진행
되면서 그 심장 고동은 가라앉고 머리도 빠르게 식었다.

"야베 마코토, 오노 히로마사, 사노 신페이, 야베 마코
토, 오노 히로마사……."

차근차근 표를 쌓아 가는 후보는 히로와 마코토뿐. 선
생님은 당연하다는 표정으로 표에 적힌 이름을 읽었다.
학생들도 다들 당연하다는 표정으로 듣고 있었다. 그리
고 유카 또한 마음 한구석에서 이런 결과를 당연하게 여

겼다.

반장 선거는 어차피 인기투표다. 냉정하게 현실만 보면 '구보 유카'에게 표가 들어올 리 없다.

"사노 신페이, 오노 히로마사, 구보 유카, 다키가와 리오, 야베 마코토, 야베 마코토, 마쓰바라 고노미, 구보 유카……."

교실을 두 차례 술렁이게 만든 '구보 유카' 표는 히나코와 유카 자신이 던진 게 분명하다. 그밖에 누가 내게 표를 주겠는가.

다른 아이들이 자기를 거북하게 여긴다는 사실은 유카도 잘 안다. 생활위원으로서 책임을 다하려고 애쓸수록 애들은 유카를 꺼렸다. '반장도 아니면서', '기껏해야 생활위원인 주제에'. 이런 험담을 들었다. 애당초 생활위원을 맡는 게 아니었다고 몇 번이나 생각했지만 일단 맡은 이상 끝까지 책임을 다하지 않고는 견디지 못하는 게 유카의 성격이었다.

"마쓰바라 고노미, 오노 히로마사, 사노 신페이, 오노 히로마사, 야베 마코토, 마쓰바라 고노미……."

따끔따끔 살을 찌르는 듯한 아이들의 시선이 따가웠다. 통 표가 나오지 않는 유카를 다들 '고소하다'며 비웃는 듯했다.

가을 해는 두레박처럼 빨리 떨어진다.

문득 그 말이 떠올랐다. 주르륵 우물 안으로 떨어지는 두레박. 완전히 거꾸로 처박히는 모습. 그게 지금 자기 모습을 닮은 것 같았다.

"마지막 세 표입니다. 사노 신페이, 오노 히로마사, 구보 유카."

오노 히로마사	7표	☆반장
야베 마코토	5표	☆부반장
마쓰바라 고노미	3표	
다키가와 리오	1표	
사노 신페이	4표	☆서기
구보 유카	3표	

"하세가와, 잠깐."

종례를 마치자마자 유카는 하세칸을 붙들었다.

"잠깐 남아서 이야기 좀 하지 않을래?"

"응? 무슨 이야기를?"

"미화위원의 2학기 계획."

"엥? 나 지금 동아리 활동에 가야 하는데."

"10분이면 돼. 이런 건 처음이 중요하잖아. 같은 미화
위원이 되었으니 서로 힘을 모아야지."

"난 그냥 가위바위보를 해서 졌을 뿐인데……."

투덜거리면서도 막상 책상을 사이에 두고 마주 앉자
하세칸은 진지하게 응해 주었다. 1학기에 생활위원 일은
전혀 하지도 않고 오히려 분위기를 해쳤던 곤도 신야보
다 훨씬 낫다.

"그래, 미화위원은 뭘 해야 하는 거지?"

"우선 교실을 깨끗하게 유지하는 거지. 제일 먼저 해
야 할 일은……."

"이타루 교육인가?"

"맞아. 그다음에 책상과 칠판 낙서 금지. 바닥에 떨어
진 쓰레기 있으면 줍는다거나 하는 그런 기본적인 것도."

"뒤편 벽도 어떻게 해야 하지 않아? 이것저것 너무 많이 붙어 있던데. 너무 어수선해."

불편한 듯 등을 웅크리고 있던 하세칸이 그제야 비로소 허리를 폈다.

"저거 전부 뜯어내자. 대신 믹 존스[2] 포스터를 붙이면 어떨까?"

"믹 존스?"

"위대한 펑크로커."

펑크로커. 요즘 앞 머리카락을 빗어 올려 이마를 드러내고 다니는 하세칸의 입에서 나온 단어는 유카의 사전에는 없는 말들이었다.

"그게 어디 사는 누군데?"

"영국 사람. 전설적인 밴드 '더 클래시' 멤버였지."

"그럼 안 돼. 교실에 연예인 포스터는 말도 안 되지. 니노미야 긴지로[3]라면 또 몰라도."

---

2) 영국의 4인조 펑크록 밴드 '더 클래시' 출신의 기타리스트 겸 보컬. 더 클래시에서 나온 뒤 '빅 오디오 다이너마이트'라는 록 밴드를 결성하기도 했다. 더 클래시는 2003년 로큰롤 명예의 전당에 헌액되었다.

"니노미야 긴지로의 포스터?"

실내장식 감각이 서로 맞지 않지만 교실 뒷벽을 정리하는 문제까지는 의견이 하나로 모였다.

할 일이 정해지면 바로 한다. 하세칸이 동아리 활동을 하러 간 뒤에 유카는 혼자서 바로 뒷벽에 있는 게시물을 떼어 내기 시작했다.

오래전부터 붙어 있던 수채화. 귀퉁이가 찢어진 지도. 어중간하게 끝나고 만 단어 암기 그랑프리 그래프. 이미 끝난 학생회 선거 포스터.

무질서하게 벽에 붙어 있는 그것들에 꽂혀 있는 압정을 하나씩 조심스럽게 뽑았다. 높은 데에 손을 뻗기 위해 교실 뒤에 있는 사물함에도 올라갔다.

교실에는 이미 아무도 없었다. 사람이 없는 교실을 그런 위치에서 내려다보기는 처음이었다. 유카는 새로운 풍경을 감상하듯 스물네 개의 책상을 천천히 둘러보았다.

오늘 자리를 바꾸었으니 어디에 누가 앉는지는 기억하

---

3) 일본 에도시대의 인물. 니노미야 다카노리, 니노미야 손토쿠라고도 불린다. 농촌 지도자, 철학자, 경제학자.

지 못한다.

하지만 어딘가에 분명히 있다. '구보 유카'라는 이름에 한 표를 던져 준 누군가가.

그걸 생각하면 저절로 입가에 미소가 떠오른다.

맨 마지막에 펼친 투표용지 세 장 가운데서도 마지막 한 장이었던 '구보 유카'의 표. 그 순간 이 세상 중력이 변했다. 바닥에 곤두박질치기 직전이었던 두레박이 딱 멈췄다.

구보 유카도 아니고 히나코도 아니다. 누군지 모를 또 한 명. 부탁도 하지 않았는데 내게 한 표를 주었다. 가슴 뿌듯한 이 기쁨을 가슴에 안고 유카는 2학기에도 위원으로서 온 힘을 쏟기로 마음먹었다. 설사 반 아이들이 모두 나를 꺼린다고 해도 누군가 한 명이라도 나를 인정해 준다면 그 아이를 위해 2학기에도 최선을 다하자고.

두레박을 구한 세 번째 표. 단 한 표가 얼마나 소중한지 아버지는 알아줄까. 이 '결과'를 인정해 줄까?

집에 돌아갈 생각을 하니 역시 마음이 무거웠다. 한숨을 내쉬며 압정과 씨름하던 구보 유카의 귀에 불쑥 히나코의 목소리가 들려왔다.

"유카, 수고하네."

돌아보니 문 앞에 멋쩍은 표정을 짓고 있는 얼굴이 보였다.

"나도 거들까?"

거짓말쟁이. 배신자. 말뿐인 계집애. 이런 말들이 수없이 떠올랐다.

하지만 그래도 히나코는 한 표를 주었다. 출처가 확실한 그 표도 유카에게는 역시 소중했다.

"응, 부탁해."

몸을 꼬면서 쑥스러워하는 히나코에게 유카는 등을 진채 어서 오라고 손짓했다.

14.

반주자

신페이

"어, 연습 같이 안 해?"

"응. 무리야."

후가는 태연하게 말했다.

"나 12월에 바이올린 콩쿠르가 있어서. 지금은 그거 준비하는 것만 해도 벅차."

"그럼 합창 경연 대회는 어떻게 하냐? 네가 피아노 반주를 맡았잖아."

"할 사람이 없대서 떠맡았을 뿐이야. 방과 후 연습까지 함께 할 수는 없어."

"뭐?"

"자유곡 반주 정도라면 난 연습하지 않아도 무대에 올라 잘 칠 수 있어."

"너야 그렇지만 다른 애들은 어떡하고. 반주가 없으면 연습할 수 없잖아."

"응. 그래서 내가 생각해 보았는데……."

눈을 부라리는 신페이에게 후가는 태연하게 대꾸했다.

"내 연주를 스마트폰에 녹음해서 줄게. 그걸 틀어 놓고 연습하면 어때?"

그러자 바로 소타가 한마디 했다.

"하이테크냐?"

신페이도 후가를 노려보았다.

"뭐야, 그게? 소리만 나면 되는 게 아니잖아. 서로 맞춰 보기 위해서 연습하는 거지."

평소와는 달리 신페이는 진짜 애가 탔다.

아이들에게 '바이올린 왕자'라고 불리는 후가는 원래 다른 별 사람이나 마찬가지인 클래스메이트다. 뭐랄까, 말이 통하지 않는다. 개그가 먹힌 적도 없다.

"싫으면 난 그만둘게. 반주를 다른 녀석에게 부탁해."

고집 센 왕자님에게 질려서 신페이는 '다른 녀석'에게 도움을 청하겠다는 듯 홱 돌아섰다.

평소에는 사용하지 않는 1학년 D반 교실. 예비 피아노가 놓여 있는 그곳에는 연습 시작을 기다리는 반 아이들이 모여 있다.

그렇지만 곤도 신야와 고니시 미나는 이야기도 하지 않고 그냥 가 버렸고, 요시다 류야는 '일주일에 한 번 가는 학원을 빼먹을 순 없다'며 가 버려 연습 첫날부터 안 보이는 얼굴이 많았다.

"누구 피아노 칠 수 있는 사람 없니?"

하지만 다들 고개를 설레설레 저었다.

"난 '반짝반짝 작은 별'쯤은 칠 수 있기는 하지만."

"나도 '따르릉따르릉 비켜나세요' 정도라면."

"도레미파솔라시도는 칠 수 있어."

"그게 아니라 반주할 수 있는 녀석 없느냐고."

조용. 아무래도 없는 모양이다.

내가 졌나? ─어깨를 축 늘어뜨린 신페이의 등을 후가

가 아무 일도 없었다는 듯 툭 치며 말했다.

"그럼 난 오늘도 바이올린 레슨이 있어서 먼저 갈게."

기타미2중 합창 경연 대회에서는 과제곡과 자유곡을
부른다. 과제곡은 음악 시간에 연습하게 되지만 자유곡
은 반마다 모여서 방과 후에 연습하게 되어 있다. 하지
만 그것도 반주자가 있어야 가능하다. 음정을 잡을 수
있게 해 주는 피아노 없이 복잡한 혼성 합창곡을 부를
수는 없다.

후가가 교실을 나가자 다른 아이들은 바로 포기 모드
로 들어갔다. '그럼 나도 동아리 활동이 있어서', '나도
바빠서'. 이런 소리들을 늘어놓으며 줄줄이 빠져나갔다.
눈 깜짝할 사이에 교실은 텅 비었다.

"신경 쓰지 마. 후가는 원래 저런 녀석이니까."

유일하게 신페이 곁에 남아 준 사람은 히로였다.

"여차하면 스마트폰으로 해야지. 어쩔 수 없잖아."

"아니야. 그런 합창 연습은 들어 본 적도 없어. 말도
안 되지."

신페이는 오기가 났다. 스마트폰이 싫다기보다 후가의

태도가 마음에 들지 않았던 것이다.

"아무리 영재교육을 받는다고 해도 그 녀석은 함께 노래하려는 마음이 없어. 그렇다면 반주자 자격이 없지. 오늘 오지 않는 녀석들 가운데 피아노를 칠 수 있는 놈이 있을지도 모르니 내가 한 번 더 찾아볼게."

거친 말투로 이야기하는 신페이에게 '있으면 다행이지만……' 하며 히로는 떨떠름한 표정을 지었다.

"잘 될까? 나 이번 합창 경연 대회는 어떻게든 성공시키고 싶은데. 우리 반 결속을 위해서도, 절대로."

"결속?"

"왠지 요즘 우리 반 분위기가 그리 좋지 않은 것 같아. 2학기 들어 다들 조금씩 느슨해졌다고나 할까, 바닥이 드러났다고 할까. 다툼도 늘었고."

잘생긴 눈썹을 찌푸리며 히로는 고민스러운 듯이 한숨을 내쉬었다.

"합창 경연 대회는 아주 좋은 기회라고 생각해. 다시 모두 초심으로 돌아가 마음을 하나로 모을 기회."

"아."

신페이는 눈을 깜빡거렸다. 그야말로 히로다운 말이랄까……. 히로가 아니면 못할 이야기다.

입학한 지 반년. 처음에는 너무 모범생 스타일이라 가까이하기 힘들었는데 요즘 신페이는 히로에게 슬쩍 친밀감을 느낀다. 이 녀석은 정말 대단하다. 보면 볼수록 그런 생각이 들었다.

하지만 합창 경연 대회에 이상하게 집착하는 데에는 따라가기 힘들었다.

"분명히 기회라면 기회지."

너무 진지한 히로에게 신페이는 나름대로 진심을 담아 맞장구를 쳤다.

"그런데 미안하지만 내게 합창 경연 대회는 많은 사람 앞에서 돋보일 수 있는 찬스야."

"그래?"

"애당초 내가 지휘자를 맡겠다고 나선 건 돋보이고 싶어서였어."

히로가 입을 크게 벌리고 텔레비전이라면 '띠용~'이란 자막을 붙일 만한 표정을 지었다.

즉각적인 그 리액션을 보고 신페이는 다시 목소리에 힘을 주어 말했다.

"어차피 나가는 거 3위 안에 들어서 시상식이 열릴 때 사람들 배꼽을 잡게 만들어 주고 싶어. 그러려면 가장 필요한 게 반주자야."

장차 개그맨이 되기로 결심한 신페이에게 학교는 무대나 마찬가지다. 매일 얼마나 뛸 수 있을지, 얼마나 웃음을 줄 수 있을지, 그걸 가장 중요하게 생각했다. 무대에서 빛나기 위해 노력도 하고 나름대로 희생도 꺼리지 않는다.

예를 들면 늘 열리는 가위바위보 배틀. 신페이는 제일 돋보이는 사회자 자리를 확보하기 위해 매일 남은 급식에 도전할 권리를 포기한다. 진행을 맡은 사람이 배틀에 참가하면 분위기를 띄우는 일에 집중할 수 없기 때문이다. 쉬는 시간, 반 분위기가 처졌을 때도 '내가 어떻게 해 봐야지!' 하는 사명감에 불타오른다. 개그가 먹혀도 먹히지 않아도 큰 소리로 하찮은 말들을 떠들면 조금은 분위기가 달라진다.

물론 개그가 실패해서 분위기가 얼어붙을 듯 싸늘해지는 일도 있다. 아니, 얼어붙은 적이 많다. 하지만 주목을 받는다는 사실에는 변함이 없기에 그건 그것대로 괜찮다고 생각한다.

그만큼 돋보이는 일을 삶의 보람으로 여기는 신페이에게 합창 경연 대회는 다시없는 공식 무대였다. 전교생의 시선을 독점할 수 있는 몇 분. 그렇다면 클래스메이트들 맨 앞에, 그것도 한가운데 서고 싶었다. 그래서 지휘를 맡겠다고 스스로 나섰다.

그렇지만 실제로 그 역할을 맡고 보니 지휘자라는 게 그저 지휘봉만 휘저으면 되는 일이 아니었다. 연습 단계부터 클래스메이트들을 다독여 이끌고 가는 리더 역할이기도 했다.

이거 골치 아프게 되었네……, 하는 불길한 예감은 첫날부터 들어맞았다.

클래스메이트들을 이끌기는커녕 후가와 충돌해 피아노 반주자를 잃고 말았다.

최악의 스타트다.

기타미2중에는 업라이트 피아노가 두 대 있는데 합창 경연 대회 전에는 그걸 모든 학급이 돌아가며 이용할 수 있도록 4일에 한 번꼴로 연습 순번이 돌아온다. 다음 연습은 4일 뒤 방과 후. 어떻게든 그때까지 새 반주자를 찾아야만 한다.

이튿날, 신페이는 얼른 어제 연습을 빼먹은 미나에게 물어보았다.

"저어, 너 피아노 칠 줄 아니"

"피아노?"

"사장님 댁 따님이시잖아? 집에 피아노 있을 거 아니야?"

"전엔 있었는데 지금은 없어. 어차피 아무도 치지 않았지만."

미나는 포기. 그다음에 찾아간 곤도와 요시다도 피아노는 칠 줄 모른다고 했다.

"우리 반에서 피아노 칠 줄 아는 녀석 누군지 모르니?"

"글쎄, 기타미초등학교에서 온 애들 가운데는 없지 않나?"

"하라초등학교 출신 가운데도 없을 거야."

기타미초등학교 출신이나 하라초등학교 출신 가운데는 없다. 그렇다면……

"야, 타보. 너 피아노 칠 줄 몰라?"

타보에게 마지막 희망을 걸고 신페이가 물었다.

"말했잖아. 도레미파솔라시도만 칠 줄 안다고."

"이걸 그냥……."

고기만두 같은 뺨을 콱 꼬집어 주고 끝났다.

다 끝났다.

역시 후가밖에 없는 걸까? 스마트폰에 녹음한 피아노 소리에 맞추어 노래해야 하나? 아니다. 그런 멍청한 짓을 하느니 차라리 무대에 설 때까지 연습하지 않는 게 더 낫지 않을까.

아예 연습하지 않는다. 궁지에 몰린 신페이는 의외로 그게 좋은 해결책이라는 생각이 들었다. 결국 더는 아무 것도 생각하고 싶지 않아져 그날은 방과 후 축구로 울분을 발산했다.

머리를 비우고 달린다. 모래 먼지 속에서 공을 찬다. 역시 여러 명을 다독이며 이끄는 역할보다 이게 훨씬 더 적성에 맞다.

돋보이고 싶었을 뿐인데.

두 번째 골을 넣었을 때는 지휘자가 된 걸 완전히 후회하고 있었다.

'유키우사기'에 들어선 것은 동아리 활동을 마치고 일단 집에 갔다가 고양이 타카와 토시에게 먹이를 주고 나서였다.

"어서 옵쇼!"

늘 그러듯 도시 씨가 멋진 목소리로 맞이해 주었다.

"이게 누구야? 손님인 줄 알았더니 신페이로구나. 어서 옵쇼라고 한 거 취소다."

"취소할 것까지는 없잖아요, 아저씨."

"방금 널 손님인 줄 알고 웃은 거 반납해."

"그렇게 속이 좁아서 어떻게 해요!"

늘 나누는 대화를 주고받으며 가게 안을 둘러보니 오늘도 80퍼센트쯤 손님이 찼다.

오후 6시 반. 신페이가 허기를 달래러 오는 이 시간대에는 이 집 명물인 가마아게우동[4]을 먹으러 오는 손님과 간단한 마른안주를 놓고 술을 마시는 손님들로 붐빈다. 남녀 비율을 따지면 남자가 압도적으로 많다. 그런데 이 날은 안쪽 테이블에서 여자 손님이 웃는 소리도 들려와 혹시나 싶어 신페이는 몸을 움츠렸다.

곁눈질로 살피니 역시 육상부 부원들이었다.

"아, 신페이. 오늘도 왔더구나. 너희 반 친구."

카운터 구석 쪽에 몸을 숨긴 신페이에게 단골손님 아저씨가 말을 건넸다.

"예쁘네. 혼혈이냐? 우리 중학교 다닐 때는 없었는데. 만약에 저런 애가 우리 반에 있었다면 틀림없이 데이트 신청을 했을 거야. 도쿄 스카이트리에 함께 올라갔을걸. 좋겠다, 같은 반 친구라니."

---

4) 솥에서 삶은 국수를 국물과 함께 그릇에 담아 장국에 찍어 먹는 음식.

술이 잔뜩 취한 아저씨가 자꾸 '좋겠다'는 소리를 했다. 신페이는 어처구니가 없어 고개를 설레설레 저으며 천장을 바라보았다. 아리스가 오면 대개 이런 분위기가 된다.

이 가게에서 처음 아리스를 우연히 만난 것은 여름방학에 들어가기 전이었다. 그때는 육상부 담당 선생님도 같이 있었다. 동아리 활동을 마치고 돌아가는 길에 선생님이 우동이라도 한 그릇 사 주기로 하셨던 모양이다.

아직 반소매 세일러복이었을 때였는데, 이마에 송글송글 땀이 맺혀 가게에 들어선 아리스는 카운터석에 앉아 있던 신페이를 보자 '어멋' 하고 토끼처럼 폴짝 뛰었다.

"신페이! 어쩜 이런 우연이."

그 과장된 리액션을 지켜보면서도 신페이는 냉정하게 정정했다.

"아니, 우연 아니야. 난 매일 여기 오니까."

아직 우동을 먹지도 않았는데 뺨이 발그레하던 아리스에게 이 '유키우사기'가 4년 전 오사카에서 도쿄로 온 부모님이 개업한 우동가게로 간토 지역 1호점이라는 사실,

밤늦게까지 부모님이 가게에서 일하기 때문에 저녁을 매일 여기서 먹는다는 사실, 부모님이 2호점으로 옮긴 뒤에도 자기는 계속 집에서 가까운 이 1호점을 이용한다는 사실 등을 대충 설명했다.

"그래? 신페이, 너 그럼 매일 여기 오는구나."

"뭐 계속 신세를 지는 셈이지."

별 이야기도 아닌데 아리스는 입을 가리고 까르르르 웃었다.

그 뒤로 아리스는 일주일에 한 번꼴로 가게에 들렀다. 간사이 스타일 우동 국물에 반한 모양이다. 덕분에 제2대 점장인 도시 아저씨에게까지 '우동이 맺어 준 인연'이라는 놀림을 받기에 이르러 신페이는 요즘 애써 아리스를 피한다.

여자애 때문에 놀림당하기는 싫다. 게다가 신페이는 아리스를 어떻게 대해야 할지 알 수 없었다.

아리스는 여성적이고 귀엽다고 생각한다. 하지만 오사카 시절부터 지금까지 신페이는 여성적이고 귀여운 타입의 여자애와 친하게 지내 본 적이 없다. 마음이 맞는 건

'재미있는 여자애'나 '기가 센 여자애'. 자기가 하는 개그에 웃기보다 날카롭게 찔러 주는 애가 함께 있기 편했다. 예를 들면 늘 아리스와 붙어 다니는 리오 같은.

어차피 올 거면 리오와 콤비로 와 주지.

제멋대로 그런 생각을 하면서 신페이는 아리스에게 들키기 전에 손님에겐 내놓지 않는 고기채소볶음 정식을 서둘러 비웠다. 하지만 막 나가려고 자리에서 일어나는데……

"신페이."

아마 그새 신페이를 발견했는지 아리스가 불러 세웠다.

"어……, 응."

단골손님 눈을 의식하면서 신페이는 그제야 겨우 본 척했다.

"왔니?"

"응."

"자주 와 줘서 고마워."

"아니야. 나야말로 늘 맛있는 우동 먹어서 고마운걸."

"……"

"……."

자기가 말을 걸어 놓고 아리스는 적극적으로 대화를 끌어 나가려고 하지 않았다. 그런 면도 마음에 들지 않는다. 하지만 이날은 좀 달랐다.

"저어, 나……, 너 응원할게."

"뭐?"

"합창."

더듬거리기는 했지만 아리스가 이야기를 꺼냈다.

"지휘자는 여러 사람을 이끌고 가야 하니 힘들 거라고 생각해. 하지만 너라면 잘 해낼 수 있을 거야."

"고……, 고마워."

"나 합창 경연 대회 기대돼. 우리 반 자유곡 나나 리오 나 아주 좋아하거든. 우리 둘이는 벌써 연습 시작했어."

"정말?"

"응. 가끔 함께 불러 보고 있어. 내가 소프라노, 리오가 알토."

불안하게 흔들리던 신페이의 눈동자가 딱 자리를 잡았다. 1학년 A반 '미녀 스타' 두 명의 듀엣. 멍하니 허공을 쳐다보던 신페이의 머릿속에서 그 그림은 왠지 신비롭고, 왠지 에로틱하고, 남자의 마음을 싱숭생숭하게 만드는 뭔가가 있다.

"그래? 정말 열심히 하는구나."

그랬다. 리오와 아리스는 의욕적으로 준비하고 있다. 벌써 연습 중이다. 자유곡이 마음에 드는 모양이다.

"좋았어. 나도 힘이 나네. 아리스, 정말 고마워."

흥분한 목소리로 떠든 뒤, 들뜬 걸음걸이로 집에 가면서 신페이는 자유곡을 흥흥 콧노래로 부르거나 지휘봉을 휘젓는 시늉을 하며 자기 역할에 푹 빠졌다.

그러나 잠깐만 생각해도 알 수 있는 일이지만, 피아노 반주자는 아직 없다.

어떡하지? 시간이 없다. 다음 연습일은 다가오는데 반주를 맡을 사람이 없으면 아무것도 시작할 수 없다. 리오와 아리스 같은 애들은 노래하려는 의욕이 넘치는데.

이튿날 아침, 여느 때 같으면 소타 같은 애들과 떠들고 있을 조례 시작 전에 신페이는 자기 자리에서 머리를 감싸 쥐고 있었다.

결국 후가의 스마트폰 제안을 받아들일 수밖에 없는 걸까? 굽히고 들어가려면 지금이 타이밍일까? 아니다, 아무리 그래도…….

"저어."

귓가에 아저씨 같은 목소리가 들려온 것은 바로 그때였다.

멍하니 고개를 든 신페이의 눈앞에는 1학년 A반 최고의 노안, 노무상이 있었다.

"신페이, 잠깐 이야기 좀 해도 돼?"

"응."

"리쿠가 네게 할 이야기가 있대."

"그래?"

자세히 보니 노무상 옆에는 리쿠가 딱 달라붙어 있었다. 마치 보호자 곁에 선 초등학생처럼. 리쿠도 그렇고 이타루도 그렇고 노무상 옆에는 늘 자그마한 남자애들이 꼬인다.

"뭔데?"

"저어."

신페이가 묻자 리쿠는 몇 차례 심호흡하더니 마음을 가다듬고 겨우 입을 열어 가느다란 목소리로 말했다.

"다마치 가호…… 가호가 피아노 칠 줄 알아."

"뭐?"

"요즘은 몰라도 전에는 쳤었거든. 나 들은 적 있어."

"다마치 가호가 피아노를?"

"잘 쳤어."

"좋았어!"

신페이는 교실 안에 있던 아이들이 모두 돌아볼 만큼 크게 소리치며 벌떡 일어났다. 하지만 바로 눈에 보이지 않는 장애물에 정수리를 부딪친 듯이 다시 털썩 의자에 주저앉고 말았다.

그랬다. 조금만 생각해 보면 거기에는 엄청난 장애물이 있었다.

"다마치 가호는…… 학교에 안 나오는 애잖아."

풀이 죽은 목소리로 말하는 신페이를 보며 리쿠가 고개를 끄덕였다.

"응, 그래서."

"그래서?"

"그래서."

"그래서?"

"그래서……."

"그래서, 다마치 가호가 좋겠다고, 리쿠는 생각한 것 같아."

제대로 말하지 못하는 리쿠를 보다 못해 노무상이 대신 나섰다.

"다마치 가호도 어쩌면 학교에 나올 계기를 찾고 있을지도 모르고. 반을 위해 피아노를 친다는 목적이 있으면 학교에 나오기 좀 편해질지도 모르잖아. 게다가 가호가 있으면 1학년 A반 스물네 명이 모두 모여 합창 경연 대회에 나갈 수도 있고."

"그렇지."

리쿠의 제안을 듣다 보니 바람이 훅 불어와 신페이의 마음속 뭔가를 움직인 느낌이 들었다. 합창 경연 대회라는 게 지금까지 생각했던 것과는 다른 위엄과 성격을 띠고 매우 중요한 것으로 변하는 느낌이었다.

학교에 나오지 않던 다마치 가호가 피아노를 치고 스물네 명 클래스메이트가 다 함께 합창 경연 대회에 나간다. 리쿠가 낸 그 아이디어는 후가가 스마트폰에 녹음한 반주로 연습하는 것과는 차원이 다르다. 나만 돋보이려고 지휘봉을 잡는 것과도 전혀 다른 의미를 지닌다.

내가 돋보이는 것보다 훨씬 더 큰 보람을 느낄 수 있는 그 어떤 것.

무엇인지 모를 그것을 가만히 생각하던 신페이는 '그래!' 하며 주먹을 불끈 쥐었다.

"어떻게든 다마치 가호가 피아노 반주를 맡게 할 거야. 방과 후에 바로 가호를 설득하러 가야겠어!"

15.
찾았다

가호

이제 됐어?

아직 멀었어.

또 꿈을 꾸었다.

어렸을 때의 꿈. 동네 아이들과 자주 했던 숨바꼭질.

다마치 가호는 자기가 잘 숨는다고 생각했다. 술래의 허점을 찔러 찾아내기 힘든 곳을 발견하는 감각이 있었다. 그래서 술래는 가끔 찾기를 포기하곤 했다.

꼭꼭 숨어 있던 가호가 이상하다 싶어 나가 보면 함께

놀던 아이들이 보이지 않았다. 술래도 없다. 벌써 다들 집으로 돌아가고 혼자만 남은 것이다. 이런 일이 여러 차례 있었다.

와아, 또 술래에게 이겼다. 내가 너무 잘 숨어서.

어둑어둑해져 조용한 저녁. 혼자 남은 가호는 애써 힘찬 걸음으로 집으로 돌아갔다.

그렇지만 방금 꾼 꿈속에 깃든 그 기억은 가호에게 아주 슬픈 진실을 이야기하고 있었다. 네가 잘 숨었던 게 아니야. 술래를 이긴 게 아니었어. 네가 존재감이 없어서 다른 아이들이 네가 있다는 사실을 까먹었을 뿐이야, 라고.

잠에서 깬 아침이면 늘 고요한 외로움이 밀려왔다.

"가호짱, 엄마 다녀올게."

침대 위에 멍하니 앉아 있던 가호에게 문에서 얼굴을 들이민 엄마가 소리쳤다.

"아침밥은 식탁 위에 있어."

"응, 다녀와."

"엄마 오늘은 늦을 거야. 저녁밥은 할머니랑 먼저 먹

어."

"응."

"그래."

루주를 대충 칠한 입술로 웃어 보이며 엄마는 현관으로 걸음을 서둘렀다.

학교, 갈 수 있으면 힘내서 가자. 전에는 아무리 바빠도 꼭 이 말을 남기고 갔는데 요즘 엄마는 그러지 않는다. 이지메 때문에 자살한 중학생 사건이 세상을 떠들썩하게 만든 뒤로 엄마나 할머니나 입을 맞춘 듯 '힘내서 학교 가야지'라는 말을 하지 않게 되었다. 혼자 다른 지방에 떨어져 지내며 일하는 아빠도 '살아 있는 게 최고'라고 입버릇처럼 말한다.

엄마가 현관을 나가는 기척이 난 뒤, 가호는 천천히 침대에서 빠져나와 식탁으로 갔다. 그리고 텔레비전 와이드 쇼를 보면서 아침으로 햄에그 덮밥을 먹었다.

창밖은 비. 오늘도 짧은 하루가 시작된다.

학교에 다닐 때는 하루하루가 무척 길었는데 집에 있으면 시간이 물처럼 줄줄 흘러간다.

설거지를 마치고 오전에는 먼저 공부를 시작한다. 일주일에 두 번, 후지타 선생님이 수영부 활동을 마친 뒤에 보내 주시는 과제물 프린트다. 이것만 내면 출석 일수가 부족해도 2학년으로 올라갈 수 있게 되어 있다.

과제는 과목별로 다 있어서 공부를 싫어하는 가호에겐 꽤 힘들었다. 특히 영어와 수학은 늘 애를 먹는다. 11시쯤 점심 식사 차리러 와 주는 할머니가 힌트를 주는 일은 있지만 답은 가르쳐 주지 않는다.

할머니와 함께 점심을 먹고 과제를 마치는 시간은 일러야 오후 1시쯤. 늦으면 2시를 넘기기도 한다.

그다음에는 피아노 연습. 최소한 30분은 친다.

후지타 선생님이 내준 과제와 피아노. 아무리 내키지 않아도 이 두 가지만은 빼먹지 않고 꼭 하기로 마음먹었다. 어느 한쪽이라도 대충 넘어가면 한없이 게을러지고 말 것 같아 두렵다.

해야 할 일을 마치면 이제 하고 싶은 걸 하는 시간이 된다. 스마트폰 게임을 하며 논다. 몰래 그리는 만화를 이어서 그리기도 한다. 할머니에게 수예도 배운다. 대개

이 세 가지가 반복된다.

　재미있는 시간은 눈 깜짝할 사이에 지나간다. 할머니가 저녁 식사 준비를 시작하면 가호도 거들며 요리를 배운다.

　근처에서 혼자 사는 할머니는 저녁 식사를 마친 8시쯤이면 집으로 돌아간다. 대신 일을 마치고 돌아오는 엄마와 텔레비전을 보며 쉬다 보면 짧은 하루가 또 끝난다.

　학교에 가지 않는 학생 가운데는 거식증에 걸리거나 자해하는 아이들도 있다. 뉴스와 인터넷에서 그런 화제를 접할 때마다 가호는 편하게 지내는 하루하루가 부끄럽다. 반 아이들이 못살게 구는 것도 아니고 집에 문제가 있는 것도 아니다. 그런데 학교에 갈 수가 없다.

　중학교 입학식 날, 학급 모두가 같은 선에서 출발했다. 그런데 문득 자기만 뒤처졌다는 생각이 들었다. 날렵하게 달려가는 다른 애들을 따라갈 수 없었다.

　3월생이라 그런지도 모른다는 생각이 들었다.[5] 다른

5) 일본은 4월에 새 학년이 시작된다.

애들보다 늦게 태어난 만큼 무얼 하건 시간이 더 걸렸다.
문제를 풀 때도, 급식을 먹을 때도, 옷을 갈아입을 때도
늘 꼴찌였다.

그래도 얼마 전까지는 가호와 크게 다를 바 없는 '꼴
찌에 가까운 애'들이 있었다. 성격도 외모도 동작이 굼뜬
것도 많이 닮은 여자애들. 가호는 그런 애들 뒤에 숨어
눈에 띄지 않게 숨죽이고 지냈다.

중학교에 올라와 1학년 A반에 '꼴찌에 가까운 아이'가
없다는 걸 알게 되었을 때 가호는 당황했다. 클래스메이
트인 여자애들은 모두 어른스러웠다. 세일러복 스카프를
예쁘게 매지 못하는 학생도 자기뿐이었다. 도대체 어디
숨어야 하지? 책상 수가 초등학교 때보다 적기 때문인지
새 교실은 너무 휑해서 몸을 숨길 곳은 어디에도 없는 것
같았다.

가호가 멍하니 있는 사이에 여자애들은 차츰 무리를
이루었다. 초등학교 6학년 때 같은 반이었던 시호린도,
다른 애들과 어울리지 못할 거라고 생각했던 유카도 반
애들과 끼리끼리 어울렸다. 가호를 배려해서 말을 걸어

주던 여자애들도 이내 자기 친구들에게 돌아갔다.

어서 숨어야 하는데. 가호는 하루하루가 초조했다. 빨리 숨지 않으면 무서운 술래[6]에게 들킬 텐데—.

따라가기 힘든 체육 과목 시험이 있던 4월 말, 처음 꾀병을 부려 학교에 가지 않았다. 그게 문제였다. 가호는 집이 가장 안전하고 편하게 숨을 수 있는 곳이라는 사실을 알게 되었다.

그 뒤로 사흘에 한 번, 이틀에 한 번 점점 결석이 늘었다. 그러다 나중에는 계속 학교에 가지 않게 되고 말았다.

어느새 10월. 중학교 1학년도 벌써 절반이 지났다.

가호는 이제 더는 숨을 필요도 없지 않을까 하는 생각을 한다. 다들 평범하고 조용한 가호를 이미 잊고 1학년 A반은 스물세 명이 보내는 시간을 당연하게 여기고 있을 텐데 자기만 기를 쓰고 숨을 곳을 찾으며 '아직이야, 눈 뜨지 마', '아직 눈 뜨면 안 돼'라고 외치는 기분이 들었다.

---

6) 일본어로 술래잡기의 '술래'를 '오니'라고 부르는데 귀신이란 뜻이다. 한자로 표기할 때는 귀신 귀(鬼)자를 쓴다.

가끔 반장인 히로와 부반장인 마코토가 찾아와 준다. 그게 학급위원이라 하는 일이라는 걸 알면서도 아직은 그나마 교실과 완전히 끊어지지 않은 것 같다는 생각에 조금은 마음이 놓였다.

"가호짱. 학교 친구들이 찾아왔어."

그날도 오후에 방에서 만화를 그리는데 할머니가 불렀다. 가호는 얼른 원고를 책상 서랍에 숨겼다.

시계를 보니 4시 반. 히로와 마코토는 동아리 활동이 끝난 뒤에나 찾아올 텐데 시간이 이르다고 생각하면서도 부스스한 머리카락을 매만지며 늘 면회 장소처럼 쓰는 거실 문을 열었다.

거실에 놓인 둥근 탁자에 둘러앉은 사람은 같은 반 리쿠와 신페이, 그리고 아직 이름도 모르는 한 남자아이였다.

리쿠가 왜 여기에?

왜 리쿠와 신페이가 둘이서?

"아, 불쑥 찾아와서 미안."

"안녕?"

"아……, 오래간만이네."

비에 젖은 교복 어깨를 무료하게 좌우로 흔들고 있던 세 사람 앞에서 가호는 깜짝 놀라면서도 반사적으로 셔츠 소매를 잡아당겨 왼쪽 손목에 찬 벌레 퇴치용 팔찌를 숨겼다.

이미 벌레를 물리치기 위한 냄새는 사라진 옅은 초록색 팔찌.

매미 허물을 찾던 그날, 리쿠에게 돌려주지 못한 그걸 지금도 가끔 팔에 찬다. 그러면 마음이 차분해진다. 자기만의 비밀이 된 그런 사실을 리쿠에게 알리고 싶지 않았던 것이다.

근처 공원에서 리쿠와 우연히 만난 그 순간을 가호는 그날의 여름 햇살과 함께 또렷하게 기억한다.

벤치에서 돌아보고 거기 리쿠가 서 있는 것을 보았을 때 '찾았다' 하는 생각이 들었다. 오랜 숨바꼭질 끝에 마침내 누군가가 나를 찾아내 준 것 같았다.

리쿠는 유치원에 들어가기 전부터 함께 어울리던 소꿉

친구다. 이야기를 나눈 것은 몇 년 만이었지만 의젓하고 마음씨 착했던 옛날 리쿠의 얼굴이 그대로 남아 있어서인지 낯을 심하게 가리는 가호도 거리낌 없이 대할 수 있었다. 이야기도 자연스럽게 나누었다. 물론 자꾸만 곤충 이야기를 해서 좀 질리기는 했지만 가호가 학교에 나오지 않는 걸 걱정하고 있다는 사실을 알게 되었을 때는 가슴이 찡해 눈물이 날 것만 같았다.

그런데 한심하게도 학교에 가지 않는 이유를 제대로 설명하지 못해 답답해하며 꾸물거리고 있다가 난처한 상황에 빠졌다.

갑자기 소변이 너무 마려워졌다.

화장실에 다녀오겠다는 그 한마디를 부끄러워서 하지 못한 채 참고 참다가 더는 못 견디겠다고 생각했을 때 리쿠가 나비 한 마리를 보고 벤치를 떠났다.

이때다! 리쿠가 이쪽에 등을 지고 있는 사이에 가호는 후다닥 공중화장실로 달려갔다.

모처럼 즐거웠던 시간을 그런 식으로 끝내고 만 것이 지금도 아쉽다.

리쿠가 비밀의 언덕에도 데려가 주었는데. 부적 같은 벌레 퇴치용 팔찌도 빌려주었는데. 오래간만에 누군가와 함께 웃으며 이야기를 나누었는데.

그런데 잘 가라는 인사도, 고맙다는 말도 못하고 돌아오고 말았다니. 정말 한심하다. 리쿠는 어처구니가 없었을 것이다. 그렇게 생각하니 점점 더 학교에 가기 괴로워졌다.

그 뒤로 내내 마음에 걸렸던 리쿠가 무슨 까닭인지 집으로 찾아왔다. 반 최고의 개그맨인 신페이와 나이 든 사람처럼 보이는 남자애까지 데리고.

무슨 일이지?

어째서 이렇게 나를 찾아온 거지?

교복을 입은 남학생이 세 명이나 있기 때문인지 낡은 다다미를 깐 방은 이상하게 어둑하고 위압적으로 느껴졌다. 우리 집인데 우리 집이 아닌 것 같아 가호는 어디에 눈길을 주어야 할지 도무지 알 수 없었다.

"찾아와 주어 고맙구나. 지금 집에 이것밖에 없으니 바로 나가서 주스라도 사 올게. 금방 갔다 올 테니 기다려라."

차를 내온 할머니도 당황해서 주스가 없으면 이 남자 애들이 허깨비가 되기라도 한다는 듯 허둥지둥 집을 뛰쳐나갔다. 한 번은 우산을 또 한 번은 지갑을 가지러 돌아온 그 발소리가 멀어지자 방 안은 다시 조용해졌다.

남겨진 가호는 불안해서 견딜 수 없어 뭐라도 만지작거리려고 찻잔을 들었다.

뜨겁다고 느낀 순간 둥근 탁자 너머에서 신페이의 '앗뜨거' 하는 소리가 났다.

"아뜨뜨뜨뜨뜨뜨거!"

그쪽을 보니 혀를 뻗어 강아지처럼 내두르며 허풍스럽게 몸부림치는 연기를 하고 있다.

저 애는 여전하구나. 물끄러미 바라보던 가호와 눈이 마주치자 신페이는 혀를 입안으로 거둬들이며 '헤헷' 하고 웃었다.

"있잖아."

웃으면서도 눈만은 진지하게 가호를 바라보았다.

"한 달 뒤에 학교에서 합창 경연 대회가 있거든."

합창 경연 대회. 뜻밖의 이야기에 고개를 갸웃거리는 가호를 바라보며 신페이는 깜짝 놀랄 제안을 내놓았다.

"네가 피아노 반주를 맡아 주지 않겠니?"

무슨 소리인지 몰라 가호는 눈을 깜빡거렸다. 시간이 얼어붙은 듯 대꾸는커녕 숨도 제대로 쉴 수 없었다.

"반주?"

"피아노. 너 칠 줄 알잖아?"

신페이가 대답을 기다리지 않고 말을 이었다.

"우리 반에서 피아노를 칠 줄 아는 사람이 너하고 후가뿐이야. 후가는 테크닉은 있을지 몰라도 하트가 없어. 그래서 내가 잘랐지. 스마트폰에 녹음하겠다는 소리나 하고 말이야. 그래서 네게 부탁할 수밖에 없어. 응? 부탁할게. 우리 반을 위해 반주를 맡아 주지 않겠니?"

가호는 통 무슨 말인지 알 수 없었다. 이야기 템포를 따라갈 수가 없다. 하트? 스마트폰?

"잠깐."

머릿속이 정리되지 않았지만 마침내 입을 열었다.

"안 돼."

"왜? 피아노 칠 줄 알잖아?"

"그건……."

"배웠잖아?"

"초등학교 6학년 때까지."

"언제부터?"

"다섯 살."

"베테랑이네!"

"그렇지만 반주는 무리야."

"그러지 말고, 부탁해. 너밖에 없다니까."

신페이가 몸을 앞으로 내밀며 둥근 탁자를 두 손으로 짚고 꾸뻑 머리를 숙였다.

"이렇게 부탁할게!"

가호는 깜짝 놀라서 말도 나오지 않았다.

신페이는 반에서 인기가 많은 아이다. 늘 교실 한가운데, 제일 밝은 곳에 있다. 그런 신페이가 가장 그늘진 곳에 있는 내게 고개를 숙였다.

"1학년 A반에는 네가 필요해!"

이 한마디에 가호는 정신이 퍼뜩 들었다.

필요해—.

집에 틀어박힌 뒤로 히로와 마코토가 여러 번 찾아와 주었다. 때론 클래스메이트들이 쓴 편지도 가져다주었다. 다들 나를, 가호를 걱정했다. 격려해 주었다. 다정하게 이야기해 주었다. 하지만 필요하다는 말은 처음 들었다.

이런 내가 우리 반에 도움이 된다고? 가호는 그 말을 이해해 보려고 애썼다. 갑작스럽게 들은 말이라 믿을 수가 없어 천천히 새겨보려고 했다.

아직 제대로 이해가 되지 않았는데 신페이가 다시 입을 열었다.

"우리 반은 B반보다 못한 반일지도 몰라. 그렇지만 힘겹게 다시 학교에 나온 너를 따돌리거나 못살게 굴 애는 없어. 그래도 혹시 그런 녀석이 있다면 내가 지켜 줄게. 내가 절대 용서하지 않을 거야. 그러니까 걱정하지 말고 학교로 돌아와도 돼."

신페이는 힘찬 목소리로 씩씩하게 말을 마쳤다. 퉁방울처럼 큰 눈에는 자신감이 가득해 흐릿한 구석이 없었다. 아아, 이게 늘 교실 한가운데 있는 아이의 눈이구나.

가호는 문득 잠에서 깬 기분이 들었다.

숨을 곳을 찾을 필요 전혀 없이 늘 가슴을 펴고 살아온 아이의 눈. 나도 저렇게 태어났다면 학교에 가지 않는 일은 없었을 텐데.

신페이의 말이 거짓이 아니라는 건 알 수 있었다. 신페이는 진짜로 날 지켜 주려고 한다. 하지만 이건 이해하지 못할 것이다. 학교에 가지도 못하는 내가 피아노 반주처럼 중요한 역할을 맡으려면 얼마나 큰 용기를 짜내야 하는지. 내가 아무리 설명해도 이 아이는 이해하지 못할 것이다.

"아무래도 나는……."

내겐 무리야. 미안해.

그렇게 말하고 고개를 숙이려고 한 바로 그때.

내내 한마디도 하지 않던 리쿠가 신페이 옆에서 코를 훌쩍거렸다.

가호가 그쪽을 보니 안경이 떨어질 지경으로 고개를 숙인 리쿠가 온몸을 가늘게 떨며 '흑흑' 흐느끼고 있었다. 탁자 위에 떨어지는 물방울은 빗방울이 아닌 것 같왔다.

"리쿠……?"

"내가, 내가 말을 하지 못해서……."

숨을 쉬기에도 목이 메는 듯 흐느끼면서 리쿠는 가느다란 목소리로 떠듬떠듬 말했다.

"내가 그때……, 그날, 말을 하지 못해서, 신페이처럼, 내가, 말했다면, 그럴 수 있었다면, 그랬다면……, 그러면 가호가 더 일찍 학교에 돌아올 수 있었을지 모르는데……."

가호는 리쿠가 무슨 말을 하는 건지 통 알 수 없었다.

리쿠가 말을? 무슨 말? 그날이라니? 여름 그날?

"리쿠, 왜……?"

가호가 잠긴 목소리로 물었지만 리쿠는 아무 말도 못하고 그저 어깨만 떨었다. 그 교복 어깨 부분은 왠지 신페이나 어른처럼 생긴 남자애보다 더 많이 비에 젖었다. 마치 리쿠만 소나기를 맞고 온 것처럼.

우산을 쓰는 게 서툰 남자애. 그 젖은 어깨를 바라보다 보니 가호도 괜히 눈물이 났다.

가호가 내내 마음 쓰이던 그날 여름의 일을 리쿠도 내내 마음에 두었던 모양이다. 말하지 않으면 리쿠밖에 모를 무언가를 내려놓지 못하고 아마 여태 그걸 짊어지고 있었던 모양이다.

학교에 갈 수 없는 까닭은 내가 마음이 약하기 때문인데.

나 편하자고 그랬을 뿐인데.

놀라서 멍하니 앉아 있는 두 남자애는 아랑곳하지 않고 리쿠는 계속 흑흑 울었고 가호는 가호대로 조용히 눈물을 흘렸다.

지난여름 그날 울던 매미처럼 둘은 계속 울었다.

이제 괜찮아?

이제 괜찮아?

이제 괜찮아?

교문이 가까워지자 발걸음이 무거워졌다. 왠지 배도 살살 아픈 것 같다. 가호의 걸음이 늦어지는 걸 느꼈는지 팔을 잡고 함께 걷던 할머니의 손가락에 힘이 들어갔다.

"억지로 가지 않아도 돼."

요 몇 개월 아무 말 없이 매일 밥을 지어 주러 오셨던 할머니의 손은 따스했다.

"괜찮아."

가호는 애써 웃으려고 했지만 잘 되지 않았다. 그래도 걸음은 멈추지 않았다.

"그럼 나 들어갈게, 할머니."

"언제든 집에 돌아와도 돼."

"응."

교문 앞에서 할머니와 헤어졌다.

이제부턴 혼자 걷는다. 치마 주머니에 그 부적이 있는 걸 확인하고 가호는 한 걸음, 또 한 걸음 내디뎠다. 저녁 햇살이 비치는 교정에는 아직 아무도 보이지 않았다. 지금쯤 각 교실에서는 종례를 할 시간이다.

세 남학생이 찾아온 그날, 가호는 엄마, 할머니와 많은 이야기를 나누었다. 그리고 담임 선생님과도 의논했다. 피아노 반주는 가호가 학교로 돌아갈 수 있는 좋은 기회가 될지도 모른다는 데에 의견이 모였다. 하지만 처음부터 무리하지는 않는 편이 낫겠다는 데에도 뜻이 하나로 모였다.

일단 방과 후에 하는 합창 연습부터 시작하자. 익숙해지면 차츰 학교에서 지내는 시간을 늘려 가자. 담임 선생님이 이렇게 말씀하셔서 그러기로 했다. 오늘이 그 첫 연습이다.

오래간만에 찾은 교실 건물은 정겹다기보다 낯선 곳 같았다. 세일러복을 갑옷처럼 걸쳤던 입학식이 떠올랐다.

먼지가 앉은 신발장.

낙서투성이 벽.

아직 새것이나 마찬가지인 하얀 실내화.

발소리를 죽이고 계단을 오른 가호는 담임 선생님이 알려 준 대로 연습용 피아노가 있는 1학년 D반 교실로 곧장 갔다. 종례 중인 A반 교실에 들어갈 용기는 없었다.

살며시 D반 문을 열고 창가에 있는 업라이트 피아노로 다가갔다.

피아노 뚜껑을 열고 의자에 걸터앉았다. 건반 위에 두

손을 얹었다. 반주를 맡기로 한 뒤로 매일 두세 시간씩 특별 연습을 했기 때문에 이제 악보는 보지 않아도 칠 수 있다.

우선 과제곡. 아이들이 오기 전에 마지막 복습을 하려고 가호는 작은 소리로 곡을 연주하기 시작했다.

업라이트 피아노는 낡은 모델이지만 선율은 나쁘지 않았다. 가호는 바로 음악에 빠져들었다. 건반을 두드리는 손가락이 점점 경쾌해지고 멜로디에 온몸이 끌려들어 갔다. 가호는 녹아들어 가는 듯한 그 감각이 좋았다. 학교 수영장에서는 헤엄을 칠 수 없는데 소리 안에서는 자유롭게 헤엄칠 수 있다.

실수 없이 과제곡 연주를 마치고 이어서 자유곡으로. 크게 히트한 J팝을 편곡해서 과제곡보다 어렵다. 몇 차례 실수할 뻔했지만 간신히 넘어가고 후렴 부분은 기분 좋게 연주할 수 있었다.

후렴. 반복. 클래스메이트들이 노래하는 모습을 상상하며 천천히 마지막 화음을 섬세하게 누르고 페이드아웃.

그때 뒤에서 불쑥 박수 소리가 들렸다.

돌아보니 어느새 교실 뒤에 1학년 A반 아이들이 모두 모여 있었다.

리쿠가 있고, 신페이가 있었다. 마코토와 히로도 보였다.

어떤 표정으로 아이들을 만나야 할지 고민하던 가호도 너무 갑작스러워 아무 표정도 짓지 못하고 그저 멍하니 바라볼 수밖에 없었다.

다들 여느 때와 같은 표정이었다. 웃는 표정도 자연스럽고, 멋쩍어하는 모습도 자연스럽고, 뿌루퉁한 표정도 자연스러웠다.

단 한 사람. 자연스럽지 못하게 누군가 우는 소리가 들렸다. 또 리쿠인 모양이네……. 얼른 울음소리가 난 쪽으로 시선을 돌렸다. 거기에는 문을 붙들고 울고 있는 담임 선생님이 계셨다.

16.
맨홀 뚜껑

히나코

콧김을 내뿜으며 히나코는 계단을 뛰어 내려갔다. 250 밀리미터 실내화가 탁탁 소리를 내며 먼지를 피워 올렸다.

2층까지 내려와 오른쪽으로 꺾어져 안쪽에 있는 교무실로 직진.

"실례합니다."

선생님들이 모두 돌아볼 만큼 큰 목소리로 말하며 히나코는 미닫이문 안으로 들어서서 쓰쓰미 선생님을 찾았다.

저기 계신다. 복도 쪽에 있는 책상에서 노트북 컴퓨터

화면을 보고 있다. 방과 후에는 늘 체육복 차림인데 오늘은 노란 폴로셔츠에 어두운 남색 파카. 2학기 중간고사 직전에는 동아리 활동을 쉬기 때문일 것이다.

"선생님!"

히나코는 똑바로 쓰쓰미 선생님 자리로 돌진했다.

"정말인가요? 좀 전에 우리 담임 선생님한테 들었는데요. 다마치 가호에게 보충수업을 하신다던데, 정말인가요?"

히나코의 날카로운 목소리에 쓰쓰미 선생은 노트북을 덮고 돌아보았다.

"응? 아, 그래."

"왜요? 어째서 다마치 가호만?"

"어째서라니……? 그야 학교에 나오지 않은 기간만큼 공부가 뒤처져 있으니까 그러지. 특히 수학이 약하다고 너희 담임 선생님이 부탁하셨어."

"너무해, 이건."

"너무해?"

"그럼 학교에 오지 않아서 수학을 못하는 것하고 학교

에 나와도 수학을 못하는 것하고 선생님은 어느 쪽이 더 불쌍하다고 생각하세요?"

"그야 둘 다 불쌍하다고 생각하지."

잔뜩 흥분한 히나코와는 달리 쓰쓰미 선생님은 평소와 마찬가지로 쿨한 말투였다.

"아, 그런가? 너도 보충수업을 받고 싶다는 거니?"

점점 더 얼굴이 붉어지는 히나코의 어깨에 쓰쓰미 선생님이 햇볕에 그을린 손을 턱 얹었다. 그 눈동자가 갑자기 이글이글 불타올랐다.

"내가 오늘을 기다렸어."

"예?"

"교육에 필요한 건 피 끓는 열혈 교사가 아니라 너 같은 열혈 학생이지. 어느 날 불쑥 학생이 교무실로 뛰어들어와 제발 공부를 더 하게 해 달라고 들이대는 거지. 나는 교사로서 더할 나위 없이 행복한 이 순간을 30년 동안 기다렸단다."

"선생님은 스물아홉 살이잖아요……."

"뭐 그런 이야기는 접어 두고. 보충수업은 내일과 모

레 이틀간이야. 방과 후에 다마치 가호와 교실에 남아
있어."

할 말만 하더니 쓰쓰미 선생님은 쿨한 눈빛을 거두고
다시 노트북 쪽으로 몸을 돌렸다.

매번 그렇지만 어디까지가 진심이고 어디부터가 농담
인지 알 수가 없다.

그렇지만 일단 목적은 이루었다. 다마치 가호만 좋게
만들지는 않았고 쓰쓰미 선생님과 둘이 이야기도 나누
었다.

"감사합니다!"

학교에서 집으로 돌아오는 20분이 이날 히나코에게는
길어야 20초처럼 느껴졌다.

"다녀왔습니다!"

초등학교에 다니는 두 동생이 항상 시끄럽게 구는 집
에 돌아와서도 오늘은 짜증이 나지 않았다. 옆방에서 소
란스럽게 노는 동생들에게 한 번도 야단을 치지 않았고
벽을 걷어차지도 않았다. 바로 자기 방에 틀어박혀 블로
그에 글을 썼다.

11월 12일

교무실에서 선생님과 단둘이 이야기를 나누었다. 처음
으로 아주 가까이 가 보았다. 그런데 거기서 으아아아,
이럴 수가. 충격적인 일이 일어났다. 선생님이 내 어깨
를 안고 고백했다.

'30년 동안 널 기다렸어.'

꿈을 꾸는 것만 같다.

내일부터 선생님에게 개인 수업을 받는다.

더욱 가까워질 것 같은 예감.

히나코는 어떤 사실을 전달할 때 자꾸 과장해서 부풀
리고 마는 버릇이 있다. 나름 애써 크게 마음먹고 서비스
를 하는 셈인데 상대방은 그렇게 받아들이지 않아 나중
에 거북해지는 일도 종종 있다.

그렇지만 익명으로 쓰는 블로그라면 무슨 내용을 올려
도 문제가 없다. 구보 유카가 들으면 코웃음 칠 사랑 이
야기도 마음 내키는 대로 쓸 수 있다. 그래서 쓰쓰미 선
생님을 향한 마음을 부풀리고 또 부풀려 쓰다 보니 어느

덧 히나코는 진심으로 이 사랑에 빠져들고 말았다.

난 알아.

이건 평범한 사랑이 아니야.

선생님은 내게 운명적인 사람이야!

물론 전에도 좋아한 남자는 있었다. 히나코는 금방 사랑에 빠지는 타입이었다. 조금 '괜찮다'는 생각이 들면 바로 좋아하고 그러다 또 금방 싫어한다. 상대를 의식할수록 결점이 크게 보이기 시작해 그게 싫어지는 패턴이다.

하지만 쓰쓰미 선생님은 달랐다. 아무리 찾으려고 해도 흠잡을 데가 없었다. 직업이 히나코가 싫어하는 교사라는 점을 생각하면 이건 경이로운 일이었다.

얼굴도 산뜻한 스포츠맨 스타일에 서늘한 눈매가 멋지다. 보충 학습 시간에 아주 가까운 거리에서 그 눈이 자기 모습을 바라볼 거라고 생각하면 벌써 가슴이 두근거려 어쩔 줄 모르겠다.

"히나코, 너 시험공부는 하니? 또 멍하니 이상한 상상이나 하는 건 아니겠지?"

"엄마, 난 선생님에게 자진해서 보충수업을 받겠다고 신청했어. 30년에 한 번 나올까 말까 한 열혈 학생이란 말이야."

"또 시작이네, 저 허풍쟁이."

"날 내버려 두라니까!"

저녁 식사를 마치고 히나코는 방에 틀어박혀 멍하니 이상한 상상을 하느라 좀처럼 잠을 이루지 못했다.

덕분에 이튿날은 하루 종일 졸렸다. 수업 시간에도 꾸 뻑꾸뻑 졸았다. 그리고 졸음이 가시지 않은 채 방과 후에 그토록 기다리던 보충 학습 시간을 맞이했다.

"아, 두 사람 다 있구나."

역시 쓰쓰미 선생님의 얼굴을 보니 졸음도 싹 달아났 다. 그렇지만 이번엔 또 새로운 문제가 생겼다. 선생님의 속눈썹, 음성, 목 울대뼈, 손톱 옆에 생긴 거스러미ー 그 런 것들이 모두 신경 쓰여 보충 학습 내용이 머리에 하나 도 들어오지 않았다.

"그럼 오늘 설명을 잘 기억해 두고, 이 프린트의 첫 번째 문제."

보충 학습 문제를 풀어 보라고 했을 때 히나코는 당황했다. 설명을 하나도 듣지 않은데다가 하필 첫 번째 문제는 부채꼴 모양의 면적을 계산하는 문제였다. 학교나 학원에서 아무리 가르쳐 줘도 π 기호만 나타나면 히나코의 머리는 거부반응을 일으키고 만다.

어머. 어쩌지? 어쩌면 좋지? 숨을 죽인 히나코 옆에 앉은 가호는 샤프펜슬을 집어 들었다. 이런, 선수를 빼앗기겠네. 히나코는 흠칫 몸을 움츠렸지만 가호는 샤프펜슬을 든 채 프린트에 답을 적어 넣을 눈치는 보이지 않았다. 아마 압박감을 견디다 못해 '문득 뭔가 머릿속에 떠오른 척' 하고 있을 뿐인 모양이다. 히나코도 자주 쓰는 수법이다.

"자, 시간 다 됐다. 둘이 사이좋게 못 풀었니? 으음, 방금 설명했는데."

실망한 쓰쓰미 선생님에게 히나코가 얼른 말했다.

"설명은 들었는데요, 아직은 뇌에 도달하지 않아서 그

래요."

"네 신경 회로는 엄청 길구나."

선생님이 바로 말씀하셨지만 씩 웃어 주신 게 기뻐서 히나코는 신이 났다.

"선생님, 전 초등학교 1학년 때부터 산수를 못했어요. 무슨 기호가 나오면 특히 더. 원주율 π가 나오면 이제 끝이라는 생각이 들죠. 마침내 끝판왕이 나타난 것 같은 느낌이에요."

"네가 끝장이라고 생각해도 수학은 그리 간단하게 물러나 주지 않아. 적어도 고등학교 때까지는 계속 따라다닐 거야."

"수학과 기호가 없는 세상에서 살고 싶어요."

"그런 세상으로 가면 되지. 갈 수 없다면 공부해야 하고."

"그런데 선생님, 확인하고 싶은 게 있는데요. 선생님은 지금까지 살면서 원주율이 도움이 된 적 있나요?"

급소를 찌른 셈인데 쓰쓰미 선생님은 히나코를 바라보여 여유 있게 웃었다.

"난 항상 원주율을 이용해 계산하지. 수업 중에 말이야."

"그렇지만 그건 직업이 선생님이니까 그런 거죠."

"그래. 나 같은 경우에는 일을 할 때 π에 대한 지식이 필요해, 마찬가지로 이 세상에는 원주율을 알아야만 일을 할 수 있는 직업이 있어. 예를 들면 맨홀 뚜껑 설계 같은 것 말이야."

"맨홀 뚜껑?"

"그리고 기나긴 인생을 살아가다 보면 어느 날 문득 네가 맨홀 뚜껑 설계사가 되고 싶다는 생각이 들 수도 있지 않겠니? 그때는 진짜 원주율을 써먹어야지. 의무 교육이란 건 말이야, 앞으로 너희가 어떤 일을 하건 힘들지 않도록 나름대로 기초를 쌓기 위해 필요한 거야."

"아하."

역시 쓰쓰미 선생님이다. 히나코는 더 반했다. 다른 선생님은 못 들은 척하는 질문에도 쓰쓰미 선생님은 '그런가?' 하는 생각이 들 만한 대답을 해 주신다.

다만 어디까지 진심이고 어디부터 농담인지 역시 잘

모르겠다.

"그런데 선생님, 맨홀 뚜껑을 설계하는 데 원주율이 필요한가요?"

"그럼."

"그렇구나."

"자, 프린트를 다시 보자. 면적 계산이야."

틈만 나면 샛길로 빠지려고 드는 히나코 때문에 애를 먹으면서도 쓰쓰미 선생님은 이날 엄청난 끈기로 두 학생에게 공식을 가르치고, 연습 문제를 여러 차례 풀게 했다. 덕분에 한 시간짜리 보충수업이 끝났을 때는 히나코나 가호나 스스로 문제를 제대로 풀 수 있게 되었다.

"풀었다!"

너무 기쁜 나머지 히나코는 자기도 모르게 가호의 손을 꼭 잡았을 정도다. 가호도 히나코의 손을 꼭 쥐었으니 틀림없이 기뻤을 것이다.

이튿날 받은 두 번째 보충 학습은 더 나아졌다. 도형을 그리는 방법과 이동하는 방법. 지금까지 히나코가 적당히 넘어갔던 자와 컴퍼스 쓰는 방법을 쓰쓰미 선생님은 완전 기초부터 꼼꼼하게 설명해 주었다. 역시 1대 2 보충 수업이다 보니 일반 수업 때보다 더 잘 이해되었다.

"좋았어. 이쯤이면 너희 둘 다 어지간한 점수는 받을 수 있을 거야. 이런 식으로 시험 잘 치르도록."

보충 학습 끄트머리에 '합격' 판정을 받았을 때 히나코는 기쁘기도 했지만 다시 1대 24의 관계로 돌아간다는 게 아쉽기도 했다.

그래서 마지막으로 비장의 카드를 꺼냈다.

"선생님, 저 다음 주 19일이 생일이에요."

"이런, 시험 기간 중에 생일이니? 안됐구나."

"불쌍하다고 생각하시면 선생님이 뭘 좀 해 주세요."

어차피 헛웃음을 짓고 말 것이다. 그냥 해 본 소리였다. 가볍게 듣고 넘어갈 거라고 각오하고 한 말이었다. 그런데 선생님이 '그래' 하며 고개를 끄덕였다.

"수학 시험에서 좋은 점수를 받으면."

"에엥, 진짜 진짜죠?"

그 순간 히나코의 콧구멍이 전에 없이 평수를 넓혔다는 이야기는 덧붙일 필요도 없다.

"선생님. 꼭이요. 약속! 무슨 일이 있어도 꼭 좋은 점수를 받겠어요!"

그날 집에 돌아오자마자 히나코는 블로그에 맹세의 글을 적었다.

선서! 오늘부터 매일 세 시간씩 공부하겠습니다.
몸과 마음을 바쳐 수학 공부를 하겠습니다!

그러나 늘 그렇지만 히나코는 말과 행동 사이에 큰 차이가 있다. 막상 실행에 옮기려고 하면 바로 벽에 부딪히고 만다.

세 시간이나 집중하지 못한다.

아무리 의욕을 쥐어짜도 히나코의 머리가 회전을 계속할 수 있는 시간은 기껏해야 30분이면 다행이다. 30분이 지나면 다리를 달달 떨기 시작하고 동생들이 떠드는 소리에 신경이 곤두선다.

"야, 너희들. 시끄러!"

옆방에서 쿵쾅거리던 동생들에게 소리를 버럭 지르고 벽을 발로 찬다. 그러면 옆방에서도 소리가 들려온다.

"네 목소리가 더 커!"

바로 어머니 호통이 날아왔다.

으아, 짜증 나. 난 왜 이런 집구석에서 태어났을까? 책상 앞에 앉아 히나코는 몸서리쳤다. 자기도 모르는 사이에 문제집을 치워 놓고 블로그에 가족에 대한 불만을 터뜨리기도 한다.

동생은 정말 싫다. 오빠가 있으면 좋을 텐데.

우리 할머니는 왕년에 불량 학생이었다. 그런 할머니를 선택한 할아버지의 마음을 이해할 수 없다.

짜증이 더 심해지면 히나코는 분노를 조절하지 못해 그 무시무시한 불똥이 1학년 A반 학생들에게도 튄다.

반장인 H.O가 선생님에게 지명을 받았을 때 보여 주

는 리액션이 너무 싫다. 답을 알면서도 꼭 난처한 표정을 짓는다.

반에서 갈등이 생길 때마다 부반장인 M.Y가 '너희 둘다 심정은 이해가 가지만' 하며 착한 척하는 게 너무 싫다.

K.M처럼 요령 좋은 애들이 너무 싫다. 학원에 다니지도 않는데 성적이 좋고 농구부에서도 1학년인데 레귤러 멤버. 너무 잘나간다.

Y.K가 늘 '결과', '결과' 따지는 게 너무 싫다.

불량한 선배와 어울린다고 자기까지 그런 선배들처럼 행세하는 M.K가 정말 싫다.

수영부에 들어갔는데도 성적이 떨어지지 않는 R.Y가 얄밉다.

이렇게 닥치는 대로 흠을 보고 난 뒤에는 늘 자기 자신이 가장 싫어진다.

그렇다고 히나코가 한도 끝도 없이 혼자 고민한 것은 아니었다.

수학 시험이 사흘 남았던 금요일 방과 후, 히나코는 마음을 굳게 먹고 다시 교무실로 찾아갔다.

"선생님!"

또 씩씩거리며 쓰쓰미 선생님에게 하소연했다.

"공부에 집중할 수가 없어요!"

"뭐?"

"동생들이 시끄러워서 짜증 나요."

이런 소리를 해도…… 다른 사람 같으면 황당하게 여길 테지만 쓰쓰미 선생님은 끄떡도 없다. '그렇게 나온다 이거지?' 하듯 팔짱을 끼고 천장을 바라보다가 짝, 박수를 쳤다.

"그래. 그럼 너 다마치 가호네 집에 가서 공부해라."

"예?"

"가호가 오늘은 또 학교에 나오지 않았을 거야. 네가 가서 좀 보고 와. 내친김에 함께 공부도 하고."

"그치만 전 가호랑 별로……."

"친하지 않아도 너라면 잘 해낼 수 있을 거야."

그 한마디에 히나코는 등을 쭉 폈다.

"알겠습니다!"

그리하여 30분 뒤에 히나코는 다마치 가호네 집에 있었다.

마치 억지로 밀고 들어와 함께 공부하는 모양새였다. 하지만 가호네 할머니는 히나코를 반갑게 맞아 주며 주스와 과자 같은 걸 사 오셨고 가호도 싫지는 않은 눈치였다. 이틀 동안 둘이서 보충 학습을 받은 뒤라 그런지 함께 있는 게 묘하게 자연스럽기도 했다.

이마를 맞대고 문제집을 풀면서 히나코는 실컷 수다를 떨었다.

"좋겠다. 넌. 외동딸이라. 역시 자식이 하나뿐인 집에서 나오는 간식은 수준이 다르네. 우리 집은 큰 사이즈 포장밖에 없는데."

"얘, 합창 경연 대회 때 긴장했었니? 난 네가 피아노 그렇게 잘 치는지 몰랐어. 그리고 신페이가 맨 나중에 지휘봉을 홈런 볼처럼 휙 던지지 않았다면 우리 반이 3등 안에 들었을 텐데."

"아, 참. 네가 학교에 나오지 않는 동안 히로와 마코토가 가끔 여기 들렀었다면서? 둘이 어때? 반장과 부반장이니 늘 함께 다니잖아. 뭐랄까, 원래 그 두 사람 같은 아파트에 살고 그냥 소꿉친구라고 하지만 내가 보기엔 진짜 수상해."

일방적으로 수다를 떠는 히나코를 보며 가호는 가끔 킥 웃거나 다음 이야기를 재촉하듯 고개를 갸웃거리기도 했다.

"아―, 왠지 너하고 있으니 편하네. 난 구보 유카에겐 자꾸 신경이 쓰여서 하지 못하는 말도 있거든……. 그 애는 공부도 잘하고. 그런 면에서 네가 훨얼씬 편해."

히나코는 '훨얼씬'에 힘을 주었다. 어떤 의미에서는 기분 나쁠 수도 있는 표현인데 가호는 별로 마음 상한 것 같지 않았다. 오히려 히나코가 '우리 학교에서도 이야기 자주 하자'고 하자 가호는 '응?' 하고 놀랐지만 표정은 살짝 밝아졌다.

"나하고 구보 유카는 요즘 꽤 매너리즘에 빠진 것 같아. 너도 있으면 난 훨씬 더 재미있을 것 같은데. 너도 우리랑 어울리면 학교에 오기 편하지 않겠어?"

가호는 합창 경연 대회를 계기로 조금씩 학교에 나오는 날이 늘었지만 아직도 결석하는 날이 있다. 자기보다 뒤처진 아이를 보살피는 게 싫지 않은 히나코는 그야말로 신이 나서 가호를 다독이며 '날 믿으라니까'라는 소리까지 했다.

물론 늘 그렇듯 한껏 부풀린 소리였다. 가호와 헤어져 열 걸음만 가면 까먹을 가벼운 말이었다.

그렇지만 이날은 그쯤에서 끝나지 않았다.

"그럼 또 봐!"

6시가 지나서 가호네 집을 나와 어둠이 내린 길을 성큼성큼 걷기 시작해 채 열 걸음도 걷지 않았는데 뒤에서 다급한 목소리가 히나코를 불러 세웠다.

"얘야, 잠깐만……!"

돌아보니 히나코 앞에는 가호네 할머니가 있었다.

"부디 잘 부탁한다."

"예."

"우리 가호를 정말, 정말로 잘 부탁해."

앙상하게 마른 몸을 아주 작게 접듯이 할머니는 꾸뻑꾸뻑 허리를 숙였다.

급히 따라왔는지 슬리퍼를 신고 있었다. 파란색 천 슬리퍼. 아스팔트와 어울리지 않는 그 슬리퍼가 눈에 들어온 순간 히나코는 목이 졸린 듯 아무 말도 할 수 없었다. '물론이죠', '제가 곁에 있으면 걱정할 거 없어요', '절 믿으세요'. 평소 같으면 반사적으로 튀어나왔을 말이 나오지 않았다.

"그래, 정말, 정말 잘 부탁해."

할머니는 다시 말하며 한 걸음 다가와 히나코의 손을 잡았다.

따뜻했다. 가냘픈 손인데 힘이 셌다. 아플 정도였다.

히나코는 할머니의 눈빛 앞에서 꼼짝도 할 수 없었다. 내장까지 들여다볼 듯한 할머니의 눈동자를 피해 고개를 숙이고 스스로 생각하기에도 자기 목소리라고 할 수 없을 만큼 가느다란 소리로 딱 한 마디를 중얼거렸다.

"예."

이제 곧 햇수로 14년째를 맞이할 히나코의 인생에서 가장 짧은 대답이었다.

11월 22일

드디어, 드디어, 드디어 채점한 수학 답안지를 받았다!

운명의 점수는…… 59점. 야릇한 점수다.

그래도 선생님은 '1학기보다 많이 좋아졌으니까 선물을 주마. 방과 후에 교무실로 와'라고 하셨다.

그래서 교무실에 다녀왔다.

선생님이 주신 선물은 아주 큰 것이었다. 무거웠다. 포장을 뜯으니 책이 나왔다.

아, 아, 아니! 맨홀 뚜껑만 찍은 사진집이었다!

책 제목은 그냥 《맨홀 뚜껑》.

선생님……. 정말 저는 어디까지가 진심이고 어디부터 농담인지 알 수가 없어요…….

그렇지만, 역시 기쁘다.

나만을 위해 선생님이 골라 준 선물.

깡충깡충 뛰면서 교실로 돌아왔더니 Y.K와 K.T가 기다려 주어 셋이서 엄청 열심히 맨홀 뚜껑을 보았다.

17.
이타루 갱생 프로젝트

노무상

　노무상이 치밀하게 준비해 세운 〈이타루 갱생 프로젝트〉를 리쿠에게 보여 준 것은 12월 초. 겨울방학과 봄방학 너머로 '중학교 2학년'이 보이기 시작하던 무렵이었다.

　우리(노무라 슌고와 마에카와 리쿠)는 지금까지 8개월 동안 1학년 A반에서 딱 두 명뿐인 친구로서 이타루(나카사토 이타루)와 가까이 지내 왔다. 반 아이들 모두가 포기한 이타루를 우리가 왜 버리지 않았는가. 그건 오로지 이타루가 계속 우리를 따라다녔기 때문이다. 따라다니는 걸 어쩌겠느냐고 체념했다. 약속을 어기거나 거짓말을 해도 '이타루니까 그렇지'라며 받아들였다. 하지만 우리가 이렇게 이타루를 받아들이면서 이타루가 더 약해지고 교활해지고 잘못된 게 아닐까?

1학년 A반은 4개월 뒤에 해산한다. 우리는 2학년이 된다. 이타루는 지금 상태로 괜찮을까? 여전히 '골칫덩이 이타루'인 상태로 2학년에 올라가면 가장 힘든 사람은 이타루 자신이다. 새로운 클래스메이트들에게도 부정적인 유산을 남기게 된다.

사자는 뛰어난 자손을 남기기 위해 태어난 지 얼마 지나지 않은 자기 새끼를 벼랑에서 떨어뜨린다고 한다. 지금 우리에게 요구되는 것은 그 용기가 아닐까?

어엿한 2학년이 될 수 있도록 이타루를 거듭나게 하자. 그러기 위해서는 아주 과감한 치료가 필요하다. 지금이 우리가 일어나 반을 위해, 그리고 세상 사람들을 위해 이타루를 벼랑에서 떨어뜨려야만 한다.

노무상의 선언문은 엄숙하면서도 내용은 단순했다.

이타루를 어떻게든 해야 한다.

이건 1학년 A반 전체의 생각이기도 했다.

"아주 과감한 치료라니, 그게 뭔데?"

"그건 내일을 기대하시라. 그보다 오늘은 네게 보여
주고 싶은 게 있어."

거무스름하게 내려앉은 하늘에 겨울바람이 불어오던
방과 후, 노무상이 리쿠를 데리고 간 곳은 기타미2중에
서 걸어서 몇 분밖에 걸리지 않는 절이었다.

이런 곳에 절이 있다니, 하며 리쿠가 깜짝 놀랄 만큼
수수하고 조용한 오래된 절. 좁은 경내에 있는 것은 낡은
본당과 잉어 한 마리 없이 회색 물빛을 담은 연못뿐.

노무상은 호젓한 연못가에 이르러 걸음을 멈추었다.

"이걸 봐."

"이거?"

노무상이 손가락으로 자그마한 비석을 가리켰다.

얼핏 보기에 오래되고 흠집투성이인 비석. 세로로 길
쭉한 돌은 여기저기 깨져 나갔고 새겨진 글자도 흐릿하
다. 유일하게 또렷한 부분은 아래쪽에 새겨진 세 마리 원

숭이뿐.

"원숭이 무덤이니?"

"아니. 이건 '미자루, 기카자루, 이와자루[7]'라는 뜻이야. 경신탑[8]에서 흔히 볼 수 있는 캐릭터지."

"경신탑?"

"이 비석이 경신탑이야. 그리고 이건 무덤이 아니고 아주 오래된 신앙의 흔적인데……."

횡설수설 리쿠에게 설명을 하다가 노무상은 중간에 말을 끊었다.

"뭐 자세한 건 역시 내일을 기대하시라."

오늘은 어디까지나 맛보기라는 이야기. 노무상은 내일을 위해 한 가지 부탁할 게 있다면서 천천히 말했다.

"내일 1시에 이타루가 여기 올 거야. 중요한 이야기가 있다면서 내가 불러냈어. 너도 그 시간에 와서 이타루와 함께 내 이야기를 들어줄래? 내가 무슨 이야기를 하건

7) 보지 않고 듣지 않고 말하지 않는다는 뜻. '자루'는 원숭이를 가리킨다.

8) 중국에서 건너온 도교에 바탕을 두고 불교, 밀교, 신도를 비롯해 주술적인 의학, 일본의 미신 등이 복잡하게 뒤얽힌 '경신신앙'에 기초해 만든 탑. 오키나와 현을 제외한 일본 전국에서 발견된다.

믿는 척하라는 거지."

"믿는 척?"

"그래. 네가 옆에서 내 말을 믿는 척하면 이타루도 따라서 믿을 거라고 생각해."

"그래? 이타루를 속이겠다는 거야?"

리쿠는 텔레비전에서 하는 '깜짝 카메라'를 떠올리고 그 제안을 받아들였다. 속아서 분한 표정을 짓는 이타루의 모습을 떠올리면 저절로 웃음이 난다.

그렇지만 비석을 바라보는 노무상의 눈에는 전혀 웃음기가 없었다.

"리쿠. 난 말이야 진짜 남을 속이는 짓은 하고 싶지 않아. 그렇지만 이타루를 거듭나게 하려면 이제 이 방법밖에 없어서 그래. 내일 내 이야기를 믿으면 이타루는 분명히 겁을 먹을 테고 앞으로 행동을 바르게 할 거야. 거꾸로 이야기하면 내 이야기에 겁을 먹지 않으면 이타루는 영원히, 백 살 먹을 때까지 지금처럼 살게 되겠지. 부정적인 유산이 증손자에게도 이어질 거야."

"증손자……?"

리쿠는 오히려 그런 먼 훗날까지 걱정하는 노무상이 더 걱정스러웠다.

노무상은 무슨 생각을 하는 걸까?

어떤 '깜짝' 놀랄 일로 이타루를 겁에 질리게 만든다는 걸까?

추워 보이는 깍두기머리를 찬바람에 날리고 있는 노무상의 눈에는 어딘가 불온한 빛이 서렸다. 기타미2중의 학생 가운데 누구보다 침착하고, 그 어떤 선생님보다 나이 들어 보이는 노무상이 설마 시끄러워질 일을 꾸미고 있지는 않을 것이다. 하지만 이런 타입일수록 한번 발동이 걸리면 더 무섭다고도 한다.

"저어, 노무상."

절에서 나와 집으로 가는 길에 리쿠는 성큼성큼 걷는 노무상을 부지런히 따라가면서 여느 때 같으면 하지 않을 이야기를 했다.

"내가 생각하기에, 이타루는 여자를 너무 밝히고 진짜 못 말리는 녀석이라고 생각해……. 그렇지만 가끔, 나름 대단한 녀석일지도 모르겠다는 생각도 들어. 나 같으면 내 못된 점이라거나 마음에 들지 않는 모습을 숨기려고 들 테니까. 그렇지만 이타루는 못됐으면서도 당당하다고 해야 하나, 결점을 숨기지 않는다고나 할까⋯⋯. 그러기도 좀처럼 쉽지 않다는 생각이 들어서. 야, 내 말 듣는 거야?"

목소리가 점점 커진 까닭은 앞서 걷는 노무상의 등이 점점 멀어졌기 때문이다.

"노무상!"

별명을 부르자 노무상은 그제야 걸음을 멈췄다. 머플러로 감싼 입에서 웅얼거리는 목소리가 나왔다.

"너하곤 차원이 다르니까 그렇지."

차원? 그게 무슨 소리지?

리쿠는 무슨 뜻인지 알 수 없었다. 하지만 돌아보는 노무상의 표정을 보고 더는 물을 수 없었다.

노무상이 생각에 잠긴 눈빛이었기 때문이다.

이타루에게 받은 피해가 너하고 나는 차원이 다르기 때문이지.

이때 노무상은 이런 생각을 했다.

친구보다 곤충에 관심이 많은 리쿠는 아직 이타루와 많이 친하지 않은 만큼 그 상처도 얕다. 그래서 저렇게 이타루를 감싸려는 말을 할 수 있는지도 모른다.

어차피 1학년 A반에서 가장 큰 피해를 입은 내 마음은 아무도 알아주지 않는다.

리쿠와 헤어져 혼자 집으로 돌아오면서 노무상은 바람에 휘날리는 머플러를 몇 번이나 고쳐 둘렀다. 지난 8개월 동안 이타루가 저지른 일들을 돌아보며 생각에 잠겼다.

4월. 중학교에 입학하자마자 이타루가 먼저 접근했다. 생일 파티에 불렀더니 이타루는 '선물을 까먹었다'며 빈손으로 와서 케이크와 음식을 실컷 먹고 혼자 게임을 하기 시작했다. 아이들이 돌아간 뒤에 보니 내가 저장해 두었던 게임 캐릭터 이름이 '최강 전사 노무'에서 '비실비실 노무 영감'으로 바뀌어 있었다.

5월. 여배우 요시타카 유리카가 먼 친척이라기에 이타루에게 사인을 받아 달라고 사인지를 맡겼다. 그랬더니 수고비로 '백 엔'을 달라고 했다. 하지만 받아 왔다는 사인은 아무리 봐도 이타루가 쓴 글씨였다.

6월. 이타루가 '화이트초코와 치즈, 김치를 함께 먹으면 머스크멜론 맛이 난다'고 해서 해 보았다가 지옥 같은 맛을 보았다.

7월. 리쿠, 이타루와 함께 셋이 근처 수영장에 놀러 갔는데 다른 중학교 학생 세 명과 시비가 붙었다. 너무 끈질기게 달라붙는 바람에 '3대 3이라면 승산이 있겠다'고 생각해 맞붙었는데 그만 4대 2가 되고 말았다. 이타루가 상대편에 붙어 버렸다.

8월. 이타루 생일 파티에 초대받아 부랴부랴 선물을 들고 갔더니 문 앞에서 입장료 '백 엔'을 내라고 했다.

9월. 맥도날드에 가자고 해서 갔더니 계산할 때 이타루가 햄버거 무료 쿠폰을 팔랑팔랑 흔들며 '네 쿠폰도 있으면 좋았을 텐데' 하며 혀를 내밀었다.

10월. 넌 이타루 친구이니 책임을 지라는 말을 구보 유카에게 들었다. 냄새가 심한 이타루의 책상을 정리하다가 안에서 내가 잃어버리고 그토록 애태우며 찾던 요시타카 유리카의 수영복 사진집이 나왔다.

11월. 이타루가 게임 이벤트에 가자고 해서 함께 갔다. 중학생까지 무료입장이라는 그 행사장 입구에서 '넌 대학생이잖아'라며 진행 요원이 나를 가로막았다. 눈짓으로 도와 달라고 한 나에게 이타루는 '그럼 나중에 봐, 아저씨' 하고 손을 흔들며 행사장 안으로 들어갔다.

하나하나 떠올릴 때마다 노무상은 왜 자기가 여태 이타루를 벼랑에서 떨어뜨리지 않고 지금까지 지내왔는지 이해되지 않았다.

"인생은 수행이야. 사람은 인내하는 만큼 성장한다."

아마 할아버지의 가르침이 도움이 된 모양이다.

하지만 노무상이 참을 인(忍) 자를 마음에 새기며 인생 수련을 쌓을수록 이타루는 더욱 타락해 갔다. '이런 짓까지 용서해 주나?', '이렇게 해도 받아들이려나?', '이렇게 해도 괜찮을까?' 하며 이타루가 자꾸 만만하게 보고 기어오른다는 걸 요즘에야 겨우 깨달았다.

이렇게 된 이상 사자의 심정이 되어 프로젝트를 실행에 옮길 수밖에 없다.

"할아버지. 그 책 다시 빌려주세요."

집에 돌아오자마자 노무상은 할아버지 서재에 있는 책장에서 책을 한 권 빌렸다.

"또 그거냐? 그런 거 읽어서 뭐 하려고?"

"세상을 바로잡으려고."

"뭐?"

할아버지는 집에 계시는 시간이면 대부분 서재에 틀어박혀 지낸다. 교직을 그만두고 지금은 역사 연구를 계속하신다고 한다. 덕분에 집에는 희귀한 책들이 아주 많다.

노무상은 자기 방으로 돌아오자마자 할아버지에게 빌린 《일본의 민간신앙》을 펼쳤다.

노무상에게 '경신탑 탑돌이'를 알게 해 준 이 책은 이제 여러 번 펼쳐 보았기 때문에 찾지 않아도 쉽게 원하는 페이지로 갈 수 있다.

259쪽부터 '경신신앙이란 무엇인가?'라는 글이 시작된다. 노무상은 이제는 거의 외우다시피 한 문장을 마지막으로 확인하기 위해 자세를 가다듬고 다시 맨 앞부터 소리 내어 읽었다.

이타루를 위해서나 1학년 A반을 위해서나 앞으로 이타루와 같은 반이 될 아이들을 위해서라도, 그리고 증손자를 위해서라도 이 프로젝트는 실패해선 안 된다. 반드시 성공시켜야 한다.

그런 일념으로 누렇게 바랜 종이 위의 활자를 차근차근 읽어 나갔다.

경신신앙이란 무엇인가?

중국 도교에서 이야기하는 바에 따르면 대체로 사람 몸 안에는 '삼시(三尸)'라는 벌레가 산다. 이 벌레가 움직이는 것은 십간십이지가 가리키는 경신일 밤이다. 60일에 한 번 주기로 찾아오는 이날, 삼시는 사람이 잠들기를 기다렸다가 서서히 움직이기 시작한다. 사람 몸에서 빠져나와 천상으로 올라가 천제에게 그 사람이 저지른 죄를 고해바친다. 천제는 죄가 얼마나 무거운지 가려 그 사람의 수명을 정한다. 따라서 사악한 짓을 저지른 사람일수록 일찍 죽는다.

천제의 처벌에서 빠져나가기 위해서는 경신일 밤을 새

워 삼시가 몸에 갇힌 채로 아침을 맞는 길 이외에는 없다. 삼시의 고자질을 두려워한 사람들은 그런 생각에 경신일이면 밤을 꼬박 새웠다. 이런 신앙은 헤이안시대에 일본 궁궐이나 귀족에게 퍼졌고 가마쿠라시대에는 무사, 무로마치시대에는 서민들에게도 널리 퍼졌다. 특히 에도시대에는 서민들 사이에서 크게 유행해 경신일 밤이면 이웃끼리 모임을 만들어 모여서 잡담을 하며 밤새 먹고 마시는 '수경신(守庚申)'이란 관습이 정착되었다.

수경신을 함께한 모임을 열여덟 번 해내면 그 표시로 비석을 세웠다. '경신탑'이라고 불리는 이 비석은 지금도 일본 각지에 남아 있다.

"그래서 말이야……."

이튿날인 일요일, 노무상은 예정대로 절 경내로 이타루를 불러내 먼저 한바탕 기본적인 내용을 설명했다.

"이게 그 경신탑 가운데 하나라는 거지. 우리 동네는 경신탑이 많은 편이라 아홉 개나 남아 있는데 이건 그런

대로 보존 상태가 좋은 편이라고 생각해."

집에서 여러 차례 예행연습을 했는데도 아직 목소리에 기운이 없는 까닭은 40분이나 지각한 이타루를 기다리느라 추위에 떨었기 때문이다.

숨을 내뱉을 때마다 피어오르는 흰 입김. 연말 하늘에는 서리 같은 구름이 깔려 있고 그 차가운 모습을 연못에 비추어 절 경내는 더욱 스산하고 춥다.

"와, 삼시라고? 옛날엔 그런 벌레가 있었구나."

리쿠는 미리 짠 대로 리액션을 해 주었다.

"그런데 무슨 과에 속하는 벌레지? 크기는?"

"무슨 과에 속하는지는 모르지만 크기는 2촌이라고 하니 대략 6센티미터쯤 되나?"

"와, 엄청 크네! 딱정벌레목인가? 하늘을 날기까지 하려면 날개가 상당히 발달해 있어야 하는데."

이건 믿는 척하는 건가, 진짜 궁금하기 때문일까. 노무상은 통 알 수 없었다.

게다가 당사자인 이타루는 연못에 돌을 던지거나 비석에 새겨진 원숭이 흉내를 내며 잠시도 가만히 있지 않았다.

"그 삼시라는 벌레 말이야, 좀 신경 쓰이는 점이 있어서."

이타루의 주의를 끌기 위해 노무상은 리쿠와 이타루를 본당 앞에 있는 돌계단으로 데리고 가 셋이 나란히 걸터앉았다.

"삼시라는 벌레에 대해 이야기하는 역사책에는 이런 내용이 있어. 사람이 천제님을 어려워할 줄 모르고 건방을 떨면 경신신앙의 힘이 사라져 다시 벌레가 살아날 거래."

"에엥?"

"삼시는 옛날에 멸종되었을 거야. 그 증거로 지금은 아무도 그 벌레 때문에 걱정하지 않잖아? 나쁜 짓을 하면 벌을 받는다거나 하는 생각도 옅어졌지. 그래서 방심이라고 해야 하나 오만이라고 해야 하나, 그런 걸 틈타 삼시 벌레가 부활했다는 소문이 있어."

"으악."

"삼시가 사람 몸에서 빠져나가 다시 천제님에게 고자

질을 시작한 거야. 실제로 본고장인 중국에서는 삼시를 목격했다는 정보가 줄을 잇고 있지. 게다가 올해 들어서 벌써 오천 명 넘는 사람이 경신일 밤에 원인도 모르게 갑자기 죽었어."

"으아."

일일이 이상한 소리를 지르는 리쿠와 달리 이타루는 태연하게 코딱지를 팠다.

"그 이야기 정보 소스가 2채널[9] 아니야? 진짜 오천 명이 갑자기 죽었다면 매스컴에서 난리가 났을 텐데."

틱, 하고 이타루가 손가락으로 튕겨 낸 코딱지를 맞고서도 노무상은 흔들리지 않았다.

"세계적으로 함구령이 내려진 거야. 이런 이야기가 새 나가면 큰 혼란이 일어날 테니까."

이타루는 남을 잘 속이면서 자기가 속는 것은 아주 싫어해 늘 상대방을 의심한다. 그걸 예상하고 치밀하게 대책을 짰다.

9) 일본의 익명 전자게시판. 1999년에 만들어졌다. 2017년에 명칭이 5채널로 변경되었다.

"물론 중국 정부는 이미 전국적인 조사를 시작했고 NASA에도 협조를 요청했대."

"음. 백번 양보해서, 예를 들어 오천 명이 갑자기 죽었다는 게 사실이라고 해도 그게 삼시 때문이라는 증거는 없잖아?"

"그게 갑자기 죽은 사람 주변에서는 반드시 6센티미터쯤 되는 이상한 벌레가 목격되었대."

"히익."

"게다가 NASA와 함께 FBI가 조사한 내용에 따르면 갑자기 죽은 사람들은 모두 어딘가 수상한 구석이 있었대. 천제님에게 고자질을 당하면 곤란한 문제가. 예를 들어 교활하고 거짓말을 잘하거나 금전 관계가 지저분하거나 여자를 너무 밝힌다거나."

"허걱."

"게다가 이건 진짜 비밀인데, 그 삼시라는 벌레가 아마 일본에도 들어온 모양이야."

"으억."

꼬박꼬박 반응을 보이는 리쿠의 겁먹은 목소리는 아마

연기가 아닌 듯하다.

어제 약속한 것은 기억하지 못하나? 섭섭한 마음은 들었지만 노무상은 말을 이었다.

"지난번 경신일…… 10월 26일이었는데, 일본 전국 각지에서 원인을 알 수 있는 갑작스러운 죽음이 천 건 넘게 보고되었어. 물론 매스컴은 어디서도 보도하지 않았지만."

"그런데 어떻게 알지?"

역시 이타루가 물고 늘어졌다.

"후생노동성. 중국과 일본에서 아주 큰일이 났다고 후생노동성 장관 비서가 트위터에 폭로했어. 10분 뒤에 삭제되었지만. 그 10분 사이에 많은 사람들이 리트윗했대."

"그건 헛소문일지도 몰라."

"그렇지만 일본 셀럽들이 줄줄이 해외로 빠져나가고 있는 건 사실이야."

나리타 공항은 엄청나게 혼잡하고, 부자들은 모두 '삼시 대피 시설'을 구입했으며 주가는 곤두박질치고 금값은

치솟는데 긴자 거리는 밤에도 텅텅 비었다. 이런 이야기를 그럴싸하게 늘어놓은 뒤 후, 하고 흰 입김을 내뿜었다.

"뭐 당연한 일이지. 다음 경신일에는 일본에서도 오천 명 규모의 사망자가 나올 거라고 예측하니까."

이타루의 낯빛이 변한 것은 이때부터다.

"다, 다음이라니. 그게 언젠데?"

"이달 25일."

"25일……."

"올해 크리스마스는 루돌프가 아니라 삼시라는 벌레들이 하늘을 날아다니게 될 것 같네."

구름이 깔린 하늘을 우러러보는 노무상 좌우에서 이타루와 리쿠가 동시에 숨을 삼켰다. 이타루가 계속 다리를 달달 흔드는 까닭은 추워서만은 아닐 것이다.

걸려들었다. 이제 딱 한 걸음 남았다. 노무상은 잠깐 뜸을 들이며 숨을 가다듬고 마지막 단계에 들어갔다.

"그래서 너희 둘은 제발 조심해. 이런 이야기가 퍼지면 큰 소동이 일어날 테니까 다른 아이들에게는 이야기해 줄 수 없지만 적어도 너희에게는 알려 주고 싶어서.

너희는 제발 일찍 죽지 않았으면 좋겠어서. 벌레의 고자질을 부디 조심하도록 해."

"조심하다니, 어떻게?"

"우선 잠을 자지 말아야지. 삼시는 사람이 자는 틈에 하늘로 올라가 천제님께 보고하니까. 그렇지만 잠을 자지 않는 게 현실적으로는 어렵잖아? 그래서 제일 좋은 방법은……."

"뭔데?"

"나쁜 짓을 하지 않는 거야."

초조한 듯 땅바닥에 깔린 자갈들을 발로 쑤시던 이타루가 동작을 멈췄다.

"켕기는 게 없으면 삼시가 고자질하는 걸 겁낼 필요가 없잖아. 천제님도 죄가 없는 사람 수명은 줄이지 않으니까. 올바르게 행동하는 게 제일 좋은 예방책이란 거지."

"그래? 다행이네."

바로 환한 표정을 되찾은 리쿠와 달리 이타루는 낯빛이 점점 창백해졌다.

"이미…… 늦었을 때는 어떡해야 하니?"

전에 없이 고분고분한 목소리. 이타루의 눈이 살짝 젖었을 때 노무상은 승리를 확신했다.

성공!

이타루에게 이겼다.

한 방 먹였다!

……어라?

……어?

어렴풋한 위화감이 느껴진 것은 속으로 마음껏 승리의 환호성을 지른 직후였다.

이 프로젝트는 이타루를 위해, 1학년 A반을 위해, 미래의 클래스메이트들을 위해, 나아가 증손자를 위해서 짰다. 그런데 막상 풀이 죽은 이타루를 보니 후련한 기분은 들지 않았다. 철없는 짓을 저지른 듯한 느낌은 뭘까? 열 살쯤 어려진 듯한 이 느낌은 뭘까?

결국 나는 기껏해야 이타루에게 앙갚음이나 하고 말았을 뿐인가?

이때 노무상은 처음으로 자기 마음속에 시커먼 벌레가 있다는 걸 느꼈다.

홍분은 이내 가라앉았다. 거의 울상이 된 이타루를 외면하려고 멀리 보이는 비석을 바라보니 거기에는 리쿠와 이타루, 그리고 노무상처럼 생긴 세 마리 원숭이가 어깨를 나란히 하고 있었다.

두 손으로 눈을 가리고 보지 않는 원숭이, 귀를 막고 듣지 않는 원숭이, 입을 막고 말하지 않는 원숭이. 가운데 있는 귀를 막은 원숭이만 훨씬 크게 새겼다. 보면 볼수록 노무상과 리쿠, 이타루를 닮았다. 머리 하나 더 큰, 귀를 막은 원숭이가 유난히 비바람에 시달린 듯했다.

'너도 아직 멀었구나.'

몇 백 년 넘도록 거기 있었을 원숭이가 자기를 보고 비웃는 듯해 노무상은 눈을 꾹 감았다.

"잠깐 나 여기 좀 들러도 돼?"

한참 동안 말이 없던 이타루가 입을 연 것은 집으로 돌아가는 길, 큰길 옆에 있는 약국 앞을 지나갈 때였다.

"어, 그래."

평소에는 '돈 좀 빌려 달라'고 조를까 봐 두려워 될 수 있으면 이타루가 가게에 들어가는 걸 꺼리는 노무상도 이날만은 말없이 따라 들어갔다. 오히려 이야기가 더 이어지지 않은 채 헤어지지 않게 되어 다행이라는 생각이 들었다.

역시 이대로 이타루를 돌려보내서는 안 되는 거 아닐까? 사나이라면 깔끔하게 사실대로 밝혀야 하는 게 아닐까?

이렇게 고민하는 노무상의 마음도 모르고 이타루는 성큼성큼 약국 안으로 들어갔다.

"아, 여기 있다. 여기. 으음, 이거 하고, 이거……."

이것저것 집어 이타루가 품에 안은 것은 진열장에 놓여 있던 스프레이 깡통이었다.

왜 저런 걸?

당황하는 노무상은 아랑곳하지 않고 이타루는 재빨리 계산대로 가더니 스이카[10]로 계산을 마쳤다. 그리고 밖으로 나오더니 갑자기 밝은 표정으로 봉투 안에서 스프레

---

10) 우리나라의 티머니처럼 사용되는 비접촉식 IC카드.

이를 하나 꺼냈다.

"그러니까 에도시대 벌레라는 거잖아? 어차피 살충제에 면역이 없을 거야. 슉, 하고 한 방 뿌려 주면 간단하지."

어안이 벙벙한 노무상을 보며 이타루는 '슈슈슈, 슉' 하고 살충제 스프레이로 벌레를 퇴치하는 흉내를 냈다.

18.
플라타너스 잎이 질 무렵

고노짱

플라타너스 잎은 아주 크다. 여기저기 노란색이나 갈색으로 물든 낙엽은 검버섯이 생긴 거인의 손바닥 같기도 하다.

고노짱이 이끄는 팀S가 맨 먼저 전달받은 내용은 현관 앞에 쌓인 플라타너스 낙엽을 치우는 일이었다. 치즈루와 유우카가 빗자루로 쓸어 모으고 게이타로와 타보가 쓰레기봉투에 집어넣고, 그걸 고노짱이 쓰레기장으로 옮긴다. 반복해서 계속 치우니 이윽고 바닥이 깨끗해졌다. 다음은 현관 로비 청소. 남학생 두 명이 청소기를 돌리고 여학생 세 명은 걸레로 창문을 닦았다. 여기까지는 모든 일이 순조로웠다.

"너희들 일손이 빠르구나. 지난번 중학생들하곤 전혀 달라."

담당 직원인 나카미야 씨가 감탄했을 지경이다.

"정말인가요? 다행이네."

쑥스러워하는 웃음을 짓는 네 명을 대표해 팀 리더인 고노짱이 환한 얼굴로 대답했다.

"저희들 처음이어서 조마조마했어요."

태어나서 처음 하는 봉사 활동. 기타미제2중학교 학생들은 한 해에 한 번, 여러 팀으로 나뉘어 학교 밖으로 나가 오후 수업 대신 봉사 활동을 체험한다. 어디서 무엇을 할 것인지, 1학년 A반에서는 뽑기로 결정했다. 'S' 카드를 뽑은 순간 고노짱의 담당은 특별 양로원인 '세이류엔'이 되었다.

하필……

솔직히 처음에는 실망했다. 몸이 약한 노인들이 있는 시설이라니. 다른 팀이 가는 어린이집, 도서관에 비하면 훨씬 답답한 느낌이 들었다.

그래도 고노짱은 타고난 성격대로 곧 생각을 바꾸었다.

"난 세이류엔에 계신 분들을 내 할머니, 할아버지라고 생각하고 힘껏 노력하기로 했어!"

친구인 마코토에게도 그렇게 말하고 스스로 기운을 북돋우며 오늘을 맞이했다.

실제로 막상 찾아와 보니 시설 입주자인 노인들은 다들 친절하고 양로원 분위기도 생각보다 밝았다. 청소하는 중에도 휠체어를 타고 지나가던 할아버지와 할머니들이 '고맙구나', '고생한다'고 말을 건네주셨다.

"난 특별 양로원이 더 무서운 곳일 줄 알았어."

"나도. 더 어두운 느낌이 들 줄 알았네."

처음에는 표정이 굳었던 멤버들도 차츰 마음이 가벼워진 듯했다. 여느 때처럼 콧노래를 흥얼거리거나 까불기도 하면서 여유를 보였다. 적어도 현관 로비 청소를 마칠 때까지만 해도.

"그럼 다음은 요양사분들이 하는 일을 돕도록 하겠습니다."

이렇게 말하며 직원인 나카미야 씨가 1층 주방으로 데리고 갔을 때였다.

오후 3시. 이미 저녁 식사 준비가 시작된 그곳에서 직원 여러 명이 주스와 컵을 서빙 카트에 얹는 중이었다. 주방 담당 직원은 흰색, 다른 부서 직원은 옅은 분홍색 유니폼을 입는데 주방에는 흰색과 분홍색이 뒤섞여 바삐 움직이고 있었다.

"지금부터 요양사분들이 영양 보충 주스를 나눠 드리러 갈 거야. 이 일도 좀 힘든 일이지. 너희들이 도와 드릴 수 있겠지?"

"예."

"그럼 지금부터 다섯 학생 모두 따로 움직일 거야. 각자 담당자 지시에 잘 따르도록."

"예."

"여러분들이 해야 할 가장 중요한 일은 씩씩하게 인사하기. 좀 힘들지 모르지만 이 또한 이곳 현실. 사회 공부를 한다고 생각하고 잘 해내기를."

다섯 명은 깊이 생각하지 않고 '예'라는 대답을 반복

했다.

　좀 힘들다. 이곳의 현실. 사회 공부. 그런 말이 어떤 의미를 지니는지 그때는 상상도 하지 못했다.

　3층 복도를 가토 씨가 성큼성큼 걸었다. 서빙 카트를 밀고 있는데도 고노짱이 쪼르르 달려가야 할 만큼 걸음이 빨랐다.

　"후다닥 해치우지 않으면 일이 끝이 없어, 이 일은."

　고노짱 담당인 가토 씨는 30대 중반쯤 되는 여성이다. 행동이 시원시원하고 말도 거침없는 모습이 농구부 주장과 조금 닮았다.

　"미리 이야기하는데, 우리가 지금부터 돌 곳은 거의 누워서 지내는 분들이 있는 거실이야. 음료수도 혼자 마시지 못하니 반드시 도움이 필요하지."

　"아, 힘드시겠어요."

　"그쯤은 아무것도 아니야. 진짜 힘든 건 목욕을 도와드리는 일이나 욕창을 케어하는 일이지. 그렇지만 그럴 때는 애들 자원봉사는 오히려 거추장스럽기만 해."

"예—, 그렇겠네요."

가토 씨의 살벌한 말투를 고노짱은 농구부에서 연습할 때처럼 받아넘겼다. 아무리 성격 까다로운 선배라도 이 쪽에서 웃는 표정을 지으면 그리 심하게 굴지는 않기 마련이다.

"안녕하세요! 간식 주스를 가져왔습니다."

첫 번째 거실에 들어갔을 때는 시킨 대로 씩씩한 목소리로 외쳤다.

하지만 돌아온 것은 싸늘한 침묵. 창가와 복도 쪽, 두 개의 침대에 누워 있는 노인들은 고노짱이 상상했던 것보다 훨씬 허약해 보이는 작고 야윈 분들이었다. 움푹 팬 눈은 고노짱 쪽을 보지도 않았다.

색이 없는 창백한 방.

코를 찌르는 소독약 냄새.

쇠처럼 단단한 정적.

"오늘은 사과 주스예요. 바로 준비해 드리겠습니다."

뒤에서 지켜보던 고노짱은 곁눈질로 가토 씨가 능숙하게 움직이는 모습을 보았다.

먼저 주스가 담긴 종이팩을 열어 컵 두 개에 따랐다. 거기에 과립 첨가제를 넣고 스푼으로 저었다. 그러자 주스가 좀 끈적끈적해진 듯했다.

"음식을 잘 먹지 못하는 노인은 이렇게 해야 목에 넘기기 쉬워."

가토 씨는 그걸 스푼으로 떠서 복도 쪽에 있는 할아버지의 메마른 입술로 가져갔다. 한 입, 또 한 입. 그리고 한 입 더. 무표정하게 입을 오물거리는 할아버지에게서는 아무런 감정도 느껴지지 않았다.

"너도 해 봐."

가토 씨가 말하자 고노짱은 긴장하면서도 '예' 하고 창가에 있는 할아버지에게 다가갔다.

"할아버지, 사과 주스 드릴게요."

이 사람은 우리 할아버지다. 이렇게 생각하면서 조심조심 말랑말랑한 젤리 같은 주스를 입으로 가져갔다.

힘없이 열린 입술에 살짝 스푼을 얹었다. 할아버지가 입을 다물고 목 근육이 살짝 움직였다.

다행이다. 목에 넘기신 모양이다.

"저어, 맛있으세요?"

아무 말도 않기는 어색해서 고노짱은 애써 웃는 표정을 지으며 물었다.

순간 멍하니 천장을 바라보던 할아버지의 눈동자가 비로소 고노짱을 향했다. 그리고 점점 눈에 눈물이 고이더니 주르륵 하고 한 줄기 눈물이 흘러내렸다.

당황해서 얼굴을 들여다본 고노짱에게 할아버지는 이렇게 말했다.

"돈가스 먹고 싶어."

딱하기는 하지만 어쩔 수 없어 방을 나오자마자 가토 씨에게 말했다.

"저 할아버지는 이제 이가 없고 위장도 좋지 않아 환자용 음식 말고는 먹을 수 없어. 튀긴 음식이라니, 말도 안 되지."

아마 가토 씨가 한 말이 맞을 것이다. 머리로는 이해되었지만 돈가스를 엄청 좋아하는 고노짱에게 할아버지가 흘린 눈물은 너무도 애처로웠다.

저 할아버지는 이제 다시 돈가스를 먹을 수 없을까?

먹고 싶은 걸 먹지 못하고 저기서 누운 채 살아가야 하는 걸까?

아픈 사람은 저 할아버지만이 아니었다. 가토 씨를 따라간 다음 방에서도 고노짱은 할아버지와 마찬가지 처지인 노인들을 계속 보았다.

말랑말랑한 젤리 같은 주스마저 목에 넘기지 못하는 노인.

고노짱을 손녀인 줄 알고 우는 노인.

가족이 면회를 오지 않았다고 화내는 노인.

이게 '이곳 현실'이라면 너무 슬프다. 그렇게 생각하면서도 고노짱은 그걸 마음속에 담아 둔 채 겉으로는 웃음을 지었다.

힘들 때일수록 잘 웃는다. 언제부터인지 몰라도 몸에 밴 습관이었다. 동아리 활동을 하며 지쳤을 때일수록 웃으면서 버티려고 했다.

마지막까지 씩씩하게 인사한 고노짱은 맡은 방을 다 돈 뒤에야 가토 씨에게 고생했다는 말을 들었다.

"수고했어. 너 보기보다 대단하구나. 애들은 대개 중간에 포기하고 마는데."

그 말의 의미를 깨달은 것은 '좀 쉬자'며 나카미야 씨가 데리고 간 휴게실에서 먼저 일을 마친 네 친구와 다시 만났을 때였다. 탁자 위에 놓인 과자를 게걸스레 먹던 남자애 두 명은 몰라도 여자애 두 명은 그야말로 넋이 나간 표정이었다.

"치즈루, 유우카, 왜 그래?"

말을 걸어도 대꾸가 없었다. 치즈루는 눈에 초점이 풀렸고, 유우카는 치즈루의 팔을 꼭 잡고 있었다.

"오래 살고 싶지 않아졌대."

"엄마가 병에 걸려 누워 지내게 되면 어쩌지 하는 생각에 겁이 난대."

게이타로와 타보가 대신 대답했다.

"그래?"

왠지 맥이 풀려 고노짱은 긴 의자에 털썩 주저앉았다.

"나도 백 살까지 살지는 말까?"

"뭐, 너까지?"

게이타로가 눈을 동그랗게 떴다.

"넌 무슨 일이 있어도 풀이 죽지 않을 줄 알았는데."

"그럴 리가. 그런데 너희 둘은 괜찮아?"

"우리가 돌았던 방은 비교적 정정한 분들이 많았거든. 다들 스스로 주스를 드실 수 있었지."

"맞아, 그랬어."

아마 이곳에 계신 분들 모두가 허약한 것은 아닌 모양이다.

살짝 마음이 놓인 고노짱 옆에서 유우카가 날카로운 목소리로 '너무해'라고 했다.

"남자애들만 편한 일을 시키고."

"그렇지만 결정한 사람은 나카미야 씨야. 게다가 내가 맡았던 방도 치매인 분이 많았어. 손자를 보고 싶다고 우는 분도 있었고."

"불쌍하다는 생각은 안 들어?"

"들지, 물론. 가족은 무얼 하고 있는 걸까 싶어서. 하지만 그래도 여기 있는 분들은 여기 들어올 돈이 있는 거지. 그만큼 다행이라고 해야 하지 않겠어?"

"어쨌든 오래 사는 건 좋은 거야."

타보가 옆에서 끼어들었다. 그러자 유우카는 더욱 화를 냈다.

"그렇지 않아. 저렇게 사느니 난 차라리 죽는 편이 낫다고 생각해."

"그건 네가 당분간 죽지 않을 거라는 믿음이 있기 때문이잖아."

"나는 죽는 건 괜찮지만 노인이 되는 게 싫다는 이야기야."

게이타로와 타보가 난처한 표정을 지었다. 고노짱은 자기가 이 팀의 리더라는 사실을 떠올렸다.

"유우카, 일단 지금은 네 노후보다 여기 있는 분들을 생각하자. 누구나 다 나이를 먹기 마련이니까 어쩔 수 없지. 우리가 어두운 표정을 지으면 다들 마음이 무거워질 테니까 억지로라도 마칠 때까지는 웃기로 해, 응?"

없는 기운을 짜내 '파이팅!' 하며 주먹을 치켜들었다.

파이팅! 농구부 부원들이라면 함께 외쳐 줄 텐데.

그렇지만 유우카는 탁자에 털썩 얼굴을 묻으며 말했다.

"그런 운동부 스타일 구호, 난 못해."

"너는 몇 살이니? 봉사 활동을 이런 데에 와서 재미없겠구나. 심심하지?"

"열세 살이에요. 학교 체험 학습이지만 심심하지는 않아요. 많이 배웠죠."

"열세 살이라. 좋을 때로구나. 요즘 아이들은 없는 게 없어서 재미있는 것도 많을 텐데."

"예. 그렇지만 전 스마트폰 없어요."

"어머, 스마트폰? 난 본 적도 없단다."

"와―, 정말이요?"

"그럼, 너 재두루미는?"

"재두루미?"

"본 적 있니? 아주 예쁘지. 우리 고향은 재두루미가 겨울을 나는 곳이거든. 매년 겨울이면 찾아온단다. 재두루미는 말이야, 이렇게 날개를 화-악 펼치고 날아가는 모습을 떠올리면 눈물이 나지. 너무 아름다워서."

"어머, 좋겠네요. 저도 보고 싶어요."

"앞으로 얼마든지 볼 수 있겠지, 이제 열세 살이니까."

팀S가 맡은 마지막 일은 '이야기 상대'였다. 2층 카페에서 쉬는 노인들과 대화하기. 고노짱에게 말을 걸어 준 사람은 사랑스럽고 품위 있어 보이는 할머니였다. 이야기하다 보니 고노짱은 유우카에게 받은 충격에서 천천히 회복되었다.

"할머니는 지금 연세가 어떻게 되세요?"

"내가 여든여섯인가?"

"와, 대단하다."

"어째서? 누구나 살다 보면 나이는 먹기 마련인데."

"그래도 86년이나 살았다면 대단하죠. 저는 13년째 사는데도 가끔 힘들거든요."

"에구. 어째서?"

할머니가 허옇게 센 눈썹을 찡그렸다.

이런. 고노짱은 얼른 물러섰다.

"아뇨, 아니에요. 전 전혀 힘들지 않아요. 매일 아주 즐거워요."

안심시켜 드리려고 애를 썼지만 왠지 할머니는 쓸쓸한 눈빛을 하고 입을 다물었다.

"유우카, 잠깐만!"

치즈루가 소리를 지른 것은 바로 그때였다.

얼른 그쪽을 돌아보니 울면서 복도로 뛰쳐나가는 유우카의 모습이 보였다. 치즈루가 바로 그 뒤를 따라 나갔다.

두 사람이 카페에서 나가는 모습을 보고 고노짱도 얼른 의자에서 일어났다.

"죄송합니다. 잠깐만……."

순식간에 사라진 두 친구를 찾은 것은 2층에 있는 여자 화장실에서였다. 세면대에 기대어 우는 유우카를 달래듯 치즈루가 등을 쓰다듬어 주고 있었다.

"유우카, 괜찮아? 왜 그래?"

아무리 물어도 유우카는 훌쩍거리기만 할 뿐이었다.

옆에 있던 치즈루가 대신 대답했다.

"할머니하고 유우카, 내가 셋이 이야기를 하고 있었어. 그런데 갑자기 유우카가 울음을 터뜨려서."

"이유도 없이?"

"이유는, 그게……. 처음엔 말이야, 할머니가 유우카에게 이렇게 말했어. 고민이 있으면 이야기하라고. 영문은 모르겠지만 유우카에게만 그러더라고. 그랬더니 유우카가……."

흘끔 유우카를 보더니 치즈루가 목소리를 낮추었다.

"사람을 믿기 어렵다고 하더라."

고노짱은 깜짝 놀랐다. 사람을 믿을 수가 없다니. 유우카가 그런 생각을 했었다니.

"그랬더니 할머니가 이렇게 말했지. 간단한 문제다, 사람들을 용서할 줄 알면 된다, 그러면 사람을 믿는 게 즐거워진다, 라고. 나는 무슨 뜻인지 잘 모르겠는데 그 말을 들은 유우카가 갑자기 울음을 터뜨렸어……."

치즈루가 또 유우카를 흘끔 보았다.

"잘은 모르겠지만 아무래도 미나 때문인 것 같아."

"미나?"

"생각이 난 게 아닐까? 유우카가 늘 마음을 쓰고 있었으니까. 심한 말을 했다고."

그 말이 부채질을 한 것처럼 유우카는 더 크게 울기 시작했다.

그러고 보니……, 라고 고노짱은 생각했다. 요즘 유우카와 미나가 함께 있는 모습을 보지 못했다. 대신 유우카는 늘 치즈루와 친한 아이들과 가까이 지낸다. 두 사람 사이에 무슨 일이 있었던 걸까?

신경이 쓰였다. 하지만 고노짱이 신경을 쓴 것은 계속 흘러가는 시간이었다. 자원봉사를 하러 온 이상 지금은 자기들 문제보다 이야기 상대로서 제대로 역할을 하는 일, 적어도 할머니, 할아버지들의 기운을 북돋우는 일이 먼저가 아닐까 생각했다.

"유우카."

그래서 농구부 티가 나지 않도록 목소리 톤에 신경을 쓰면서 말했다.

"그 문제는 학교에 돌아간 뒤에 천천히 이야기하지 않을래? 아마 마코토도 함께 의논해 줄 거야. 지금은 일단 카페로 돌아가자. 응? 할머니들이 걱정하셔."

또 뿌리치려나? 속으로 조마조마했지만 유우카는 고

분고분 고개를 끄덕였다.

"응. 알았어."

세면대 거울 속에 비친 유우카의 빨개진 눈과 시선이 마주쳤다.

"고노짱. 좀 전엔 미안. 내가 괜한 소리를 해서."

"응? 아니야. 괜찮아."

"난 이젠 팀S여서 다행이라고 생각해. 그 할머니를 만날 수 있었으니까."

주르륵. 유우카는 말하면서 또 눈물을 흘렸다.

유우카는 여러 의미에서 솔직한 아이로구나……. 늘 그냥 지나치던 집에 처음 들어간 것처럼 고노짱은 이때 유우카라는 아이의 안방에 처음 들어가 본 기분이 들었다. 같은 반이면서도 몰랐던 일, 매일 교실에서 얼굴을 보며 지냈던 8개월보다 오늘 하루 만에 발견한 것이 더 많을지도 모르겠다.

더 깨달은 것은 유우카가 화장지로 코를 풀기를 기다렸다가 함께 카페로 돌아온 뒤였다.

"어머, 돌아왔구나."

"그래, 다행이야."

휠체어에 앉아 세 명이 돌아오기를 기다리던 할머니들이 유우카를 둘러싸며 말했다.

"슬퍼? 에구, 측은해라. 예쁜 눈이 새빨개졌네."

"미안하구나. 이 할미가 괜한 소리를 한 모양이지?"

"열세 살이면 제일 감수성이 예민한 나이지. 우리도 그랬을 때가 있었잖아?"

"주스 마실래? 아니면 우리가 먹는 엿을 줄까?"

고노짱이 놀랐던 까닭은 저마다 유우카를 토닥여 주는 할머니들이 마치 여학생처럼 활기가 넘쳐 보였기 때문이다. 눈물 많은 여자애를 걱정하면서도 그 목소리는 밝고 활기찼다. 아까 재두루미 이야기를 해 준 할머니도 방글방글 눈웃음을 지으며 손을 쓰다듬었다.

아, 그런가?

노인들에게 둘러싸여 부끄러워하는 유우카를 보며 고노짱은 이날 처음으로 얼굴에서 웃음이 지워졌다.

누구나 남에게 격려받기보다는 다른 사람을 격려하고 싶어 한다.

힘들게 쓸어 모았던 플라타너스 낙엽이 돌아갈 무렵에는 다시 현관 앞에 흩어져 있었다.

"정말 고생했어. 고맙구나."

나카미야 씨의 배웅을 받으며 세이류엔을 나섰다. 고노짱은 다섯 명 가운데 제일 마지막으로 그 낙엽을 밟았다. 버스 정류장으로 가는 조용한 골목길에서도 다른 아이들보다 뒤에 처져 혼자 걸었다.

한동안 그렇게 걷는데 문득 옆에서 목소리가 들렸다.

"고노짱, 그런데 말이야."

보폭을 줄인 타보가 머뭇머뭇 말을 걸어왔다.

"오늘 자원봉사 즐거웠는데 마지막에 실수를 했네."

"뭐? 그게 무슨 소리야?"

"이야기 상대가 되어 드릴 때 아주 재미난 할아버지가 있어서 난 내내 그분 곁에 붙어 있었거든. 할아버지, 할아버지 하면서 화장실까지 따라갔어. 그런데 말이야……."

"그런데?"

"여자 화장실로 들어가시더라고. 할아버지가 아니라

할머니였던 거야."

눈이 휘둥그레져 걸음을 멈춘 고노짱에게 '할머니가 마음에 상처를 입었겠지' 하며 타보는 어두운 표정을 지었다.

"난 오늘 자원봉사를 전부터 기다렸어. 할아버지, 할머니들과 이야기하는 게 좋아서. 그런데 넘 긴장해서 헛스윙을 했다고 해야 할까, 실수를 했다고 해야 할까……?"

슬픈 목소리로 이야기하는 타보는 등을 잔뜩 웅크리고 있었다. 그런데도 그 어깨의 위치가 고노짱 어깨보다 훨씬 높았다. 요즘 갑자기 키가 커서 가로로 터질 것만 같던 타보의 교복이 이제 세로로도 옹색해 보였다.

"헛스윙?"

고노짱은 저녁놀이 물든 하늘을 우러러보았다. 벌써 별이 반짝이기 시작했고 동그란 달도 떠 있었다.

"나도 마찬가지야."

"뭐?"

"나도 오늘 빗나갔어. 가위바위보에 져서 이 팀 리더가 되었는데 역시 너무 긴장해서 그런 건지도 모르지."

"설마, 그렇다면, 설마……."

"설마?"

"설마 할아버지를 할머니로 착각한 건 아니겠지?"

고노짱이 웃음을 터뜨리자 타보도 따라 웃었다. 서로 '설마', '설마' 하며 깔깔 웃었다.

웃음소리를 들었는지 앞서가던 게이타로가 멈춰 섰다.

"야, 너희 둘. 빨리 가자."

"빨리, 고노짱."

"어서 와!"

유우카와 치즈루도 함께 손짓했다.

잊을 수 없다. 쪼르르 달려가 앞선 세 사람과의 거리를 좁히면서 고노짱은 오늘 일을 앞으로 절대 잊지 않겠다고 굳게 마음먹었다.

플라타너스 낙엽, 할아버지의 눈물, 재두루미 이야기, 할머니들에게 안겨 있던 유우카, 빗나갔던 나.

언젠가 이날을 돌이켜 볼 때, 마지막에 타보와 마주 보며 웃었던 일도 또렷하게 기억할 수 있으면 좋겠다.

19.
내가 툭하면 화내는 이유

신야

다른 교실보다 작아 창문도 그만큼 작기 때문인지 언제 와도 회의실은 어두컴컴하다. 길게 놓인 테이블이 벽과 벽 사이에 끼어 옹색한 기분이 든다. 곤도 신야는 압박감을 느꼈다. 그래서 설교하는 장소로 즐겨 쓰는 거라는 생각이 들었다.

"앉아."

늘 그렇듯 후지타 선생님은 제일 안쪽 창가 자리를 가리켰다. 이미 곤도의 지정석이 된 그 자리는 서쪽으로 기운 햇살이 창문으로 들어오는데도 살짝 춥다. 드나드는 사람이 별로 없는 곳 특유의 냉기가 회의실 바닥에 깔려 있었다.

"무슨 일이 있었는지 네가 설명해 줄 수 있겠니?"

마주 앉은 후지타 선생님의 눈빛은 유난히 차가웠다.

곤도는 짧게 대답했다.

"스네야마의 불알을 걷어찼습니다."

순간 선생님의 눈 밑이 움찔했다. 그렇지만 요즘 후지타 선생님은 이쯤으로는 끄떡도 않는다.

"왜 그랬지?"

"제가 하지도 않은 일을 그 인간이 뒤집어 씌워서요."

곤도가 내뱉은 '그 인간'이란 스네야마[11], 즉 1학년 B반 담임인 요네야마 긴이치 선생을 말한다. 1년 내내 트레이닝복 하의를 걷어 올려 부숭부숭한 정강이 털을 드러내고 다니는 중년 아재.

"미리 말해 두지만 먼저 시비를 건 건 그쪽이라니까요. 그 인간이 우릴 범인 취급했단 말이에요."

---

11) '심보가 사나운, 마음이 삐뚤어진 요네야마' 선생이란 의미.

"범인?"

"늘 그랬어요. 그 인간은 무슨 일이든 우리를 탓하죠. 우리가 무슨 말을 해도 듣지 않아요."

대답을 하면서도 곤도는 또 화가 치밀었다. 입학한 뒤로 스네야마 때문에 한두 번 짜증 난 게 아니지만 이번만큼 부아가 치민 적은 없다.

문제가 시작된 것은 오늘 아침, 아직 새해 첫날 분위기가 가라앉지 않은 학교를 덮친 희한한 사건에서부터였다.

그 무대는 뜻밖에 1학년 A반이 아니라 B반 교실이었다.

아침에 B반 교실 문을 열러 간 시설 관리 직원이 앞문과 뒷문 모두 열리지 않는다는 사실을 발견했다. 아니, 열리고 말고가 아니라 열쇠가 들어가지 않았다. 왜?

담임인 요네야마 선생을 불러 살펴본 결과 열쇠 구멍이 강력 접착제로 막혀 있다는 충격적인 사실이 밝혀졌다.

이 장난에 선생님들이 술렁인 것은 설명할 필요도 없다. 즉시 긴급 교직원 회의가 소집되었다. 덕분에 1교시는 자습을 하게 되었고 체육 시간에 할 예정이었던 오래 달리기를 하지 않게 된 A반은 잔뜩 신이 났었다.

"교실 봉쇄라고? B반 애들도 보통이 아니네."

"이건 쿠데타야, 다시 봤어."

"다음에는 교문을 폐쇄해 주면 좋겠는데."

교실에는 '유치하다', '엉큼하다', '시시하다' 같은 목소리가 튀어나왔지만 신야와 하세칸, 신페이, 소타 4인조는 범인에게 동정적이었다. A반에 비해 얌전하고 성실하다는 평을 받는 B반 학생들이지만 그건 담임이 힘으로 억누르기 때문일 뿐이다. 합동 수업을 할 때나 전체 집합할 때도 B반 아이들은 잔소리가 심한 스네야마의 눈치만 본다. 이번 사건은 그동안 쌓이고 쌓인 불만이 폭발한 게 틀림없다.

그런데 당사자인 스네야마는 그런 분위기를 전혀 몰랐다.

그 증거로 스네야마는 점심시간에 성큼성큼 A반 교실로 들어오더니 버럭버럭 소리를 질렀다.

"야, 너희들 짓이지? 우리 반 학생들이 그런 짓을 할리 없어."

'너희들'이라고 지적받은 것은 늘 그렇듯 신야를 비롯한 4인조였다. 수업 태도가 나쁘다, 시끄럽다, 반항적이다. 이런 여러 이유로 전부터 찍힌 상태였다.

"시치미 떼도 다 알아. 잘 들어. 너희들이 저지른 짓은 기물 파손이야. 장난으로 여기고 그냥 넘어갈 거라곤 생각하지 마."

넷이 아무리 모르는 일이라고 하소연해도 스네야마는 들은 척도 하지 않았다. B반 아이들이 이런 짓을 했을 리 없다고 고집을 부렸다. 결국 전에 A반 유리창이 깨졌던 일까지 네 명이 한 짓으로 몰아세우며 '어서 수리비를 내라'고까지 했다.

"그렇게 싸움을 걸기에 받아 주었을 뿐이에요. 난 접착제로 열쇠 구멍을 막는 쩨쩨한 짓은 하지 않아요. 할 거면 당당하게 하지."

"당당하게 급소를 걷어찼다는 거니?"

"불알에 명중한 건 우연이에요……. 아, 지금 한 말 웃기려고 그런 거 아니에요."

여느 때 같으면 후지타 선생님이 틀림없이 웃었을 것이다. 그런데 신야의 예상과 달리 돌아온 것은 한숨뿐이었다. 그것도 전에 들어 본 적이 없을 만큼 길고 깊은 한숨.

후지타 선생님답지 않게 축 처진 분위기에 신야는 초조해졌다.

후지타 아리미 선생님. 교사 경력 5년째인 담임과 이 방에서 자주 마주 앉았다. 몇 번인지 헤아릴 수 없다. 신야가 화를 내며 거칠게 행동할 때마다 불러냈다. 처음에는 잔소리꾼이라고 생각해 대들었다. 한마디도 하지 않고 한 시간 넘게 서로 노려보기만 한 적도 있다. 그렇지만 면담이 거듭될수록 선생님에 대한 인상은 조금씩 바뀌었다. 무슨 일이어도 일단 하고 싶은 말을 들어주려고 했다. 그리고 의외로 장난스러운 말도 받아들여 주었다. 꼬박꼬박 부모님에게 일러바치지도 않아 나름 좋은 선생님으로 여기게 되었던 것이다.

그런데 지금 신야는 그게 아닌 것 같다는 생각이 들었다. 후지타 선생님은 면담을 거듭할수록 오히려 나를 경멸하게 된 것은 아닐까? 툭하면 화를 내는 문제아에게 이제 정나미가 떨어진 것은 아닐까?

회의실의 정적이 신야를 조여들었다. 평소에는 말을 잘하던 상대가 입을 다물고 있으니 자기가 무슨 말이든 해야 할 것 같은 기분이 들기는 하는데 말이 나오지 않는다. 신야는 원래 말주변이 없다. 그래서 늘 주먹이 먼저 나가고 발길질이 먼저 나간다.

이미 신야의 다리는 달달 떨리기 시작했다. 이 숨 막히는 상황에서 벗어나기 위해 몸이 화낼 구실을 찾고 있다. 당장 의자를 걷어차고 여기서 뛰쳐나가고 싶어 온몸이 근질거렸다.

안 돼. 화를 내서 불려 왔는데 또 화를 내고 뛰쳐나가는 것은 아무래도 아닌 것 같다. 그러면 안 돼.

의외로 신야의 마음속에서는 '화를 내고 싶은 신야'와 '어지간히 하자는 신야'가 다투는 중이었다.

쿵쾅쿵쾅!

갑자기 복도에서 어지러운 발소리가 들려왔다.

"신야!"

콰당!

회의실 문이 와락 열렸다.

"널 구하러 왔어!"

"늦어서 미안해!"

"여긴 우리한테 맡겨!"

씩씩하게 뛰어든 것은 보지 않아도 신페이, 소타, 하세칸이었다. 날렵한 걸음으로 들어오더니 어리둥절한 후지타 선생님을 둘러싸더니 앞다투어 떠들기 시작했다.

"선생님. 신야는 잘못이 없어요. 먼저 손을 댄 건 스네야마예요. 우리는 아무 잘못도 없는데 그 인간이 지레짐작으로 범인 취급하며 털어놓으라고 다그치면서 하세칸 머리카락을 잡고 이리저리 흔들었다니까요."

"맞아요. 머리카락은 이 녀석 목숨이나 마찬가진데 그 머리털 뻣뻣한 선생이 움켜쥐고 이리저리 흔들었어요. 스네야마는 아슬아슬하게 체벌이 아닐 만큼만 폭력을 쓰는 게 특기거든요. 보는 눈이 없는 곳에선 막 꼬집거나 쿡 찌르기도 하고 발을 밟기도 한단 말이에요."

"그런 짓을 하니 학생에게 앙갚음을 당하는 거죠. 그

에 비하면 신야의 불알 킥은 정정당당하죠. 게다가 신야
는 왼발로 찼다니까요. 봐준 거라고요. 오히려 자랑스럽
게 생각하셔야죠."

"맞아요. 가슴을 쭉 펴세요, 선생님. 비 프라우드 오브
신야!"

"그래요. 비 프라우드 오브 신야!"

"미 투!"

이예—, 하며 주먹을 치켜드는 세 녀석은 모두 체육복
차림이었다. 운동장 모래라도 끌고 들어온 것처럼 온몸
에서 뭉게뭉게 열기 같은 게 피어올랐다. 덕분에 조금 전
까지만 해도 답답하던 회의실 안에 단숨에 땀 냄새가 퍼
졌다.

잘 와 주었어, 친구들. 떠들어 대는 소리야 어쨌건 분
위기가 확 바뀌어 신야는 마음이 놓였다.

얼른 후지타 선생님을 돌아보니 역시 쓴웃음을 짓고
있었다. 조금 전까지 굳게 다물었던 입술에 힘을 빼고 웃
음을 떠올렸다.

"너희 셋 모두 고마워. 대략 어떻게 된 일인지 알겠어.

나도 신야만 잘못했다고는 생각하지 않으니까 괜찮을 거야."

"예?"

"너무 걱정하지 말라고."

"예."

"분명히 요네야마 선생님에게도 문제가 있었던 것 같고 그런 면에서는 이번 기회에 요네야마 선생님과 차분하게 이야기를 해 볼 거야. 오늘 신야를 이리 부른 건 다른 이야기가 있기 때문이지. 오히려 본론은 그쪽이라고나 할까? 그래서 될 수 있으면 잠시 신야와 둘이 이야기하게 해 주겠니?"

"아, 예."

"다른 이야기?"

"본론이라고요?"

후지타 선생님이 부드러우면서도 단호한 말투에 기세가 꺾인 세 친구는 얼굴을 마주 보았다.

"그럼…… 우리 부르신 거 아닌가?"

"동아리 활동으로 돌아갈까?"

"아, 그럼 저흰 그만 가 보겠습니다!"

잠깐. 신야가 말릴 틈도 없이 세 명은 일제히 우향우 하더니 바로 물러났다. 친구들은 태풍처럼 나타났다가 태풍처럼 사라졌다. 그리고 다시 신야와 후지타 선생님만 남았다.

―본론이 따로 있다.

일대일로 돌아오자 회의실에는 다시 차가운 침묵이 흘렀다. 친구들이 쳐들어오기 전과 전혀 다를 바 없는 상황이 되었다. 하지만 선생님이 따로 본론이 있다는 힌트를 준 만큼 신야는 살짝 여유가 생겼다.

본론. 후지타 선생님은 스네야마 때문에만 화가 난 게 아니다. 다른 이야기가 있다. 하기야 그럴 것이다. 세상에는 스네야마보다 중요한 일이 얼마든지 있으니까.

……그런데 무슨 일일까?

창문으로 들어오는 햇빛이 점점 서쪽으로 기울어 이제는 탁자에 닿지 않았다. 손가락을 저릿저릿하게 하는 냉기가 점점 더 심해지는 가운데 신야는 다시 오른쪽 다리를 살살 떨기 시작했다.

"곤도 신야."

마침내 후지타 선생님이 딱딱한 말투로 입을 열었다.

"정직하게 대답하면 좋겠구나."

"예."

"요네야마 선생님을 왼발로 찬 건 정말로 봐준 거니?"

"예."

순간 살살 떨던 다리가 멈췄다.

"힘이 더 센 발을 쓰지 않은 다른 이유가 있는 건 아니고?"

"어째서……?"

엥? 왜지? 어떻게 담임이 그걸?

영문을 몰라 동요하는 신야에게 팽팽한 것이 툭 끊어지듯 후지타 선생님은 잠긴 목소리로 말했다.

"미안하구나, 신야."

그리고 후지타 선생님은 고개를 숙였다.

"내가 너를 너무 몰랐어. 모르면서도 널 입학 초기부터 문제아 취급을 했어. 문제아는 문제아인데 뭐가 문제인지 보지 못했다고 할까, 잘못된 걱정을 했다고 할까."

"음……, 그게 무슨 말이죠?"

"네가 성급하게 화를 내는 까닭은 다른 애들보다 훨씬 큰, 주체하지 못하는 에너지가 있기 때문이다. 내내 이렇게 생각했어. 그 에너지는 네게 무기가 되기도 하지만 어떻게 쓰느냐에 따라 너 스스로에게도 상처를 입힐 수 있지. 위태롭고 보이지도 않아 언젠가 네가 좋지 않은 방향으로 폭발하지 않을까 늘 걱정했어."

"……."

"그런데 오늘에야 알게 되었지. 내가 잘못 알았다는 사실을. 그런 걱정을 하기 전에 네가 왜 그렇게 에너지를 주체하지 못하는지 더 깊게 알려고 해야 했어."

조심스럽게 눈을 든 신야와 후지타 선생님의 시선이 마주쳤다.

"이야기 들었어. 골단증[12]이라면서? 성장기에는 흔히 있는 일이라고."

---

12) 뼈의 양쪽 끝부분에 흐르는 피가 부족해 일어나는 염증. 뼈가 자라는 성장기 청소년이나 노인이 걸리는 경우가 많다.

신야의 입에서 신음이 흘러나왔다.

"그래서 육상부에 계속 나갈 수 없었던 거지."

"아—."

들켰나……?

신야는 천장을 쳐다보며 혀를 찼다. 그리고 의자 등받이에 털썩 기댔다.

"쓰쓰미 선생님한테 들었나요?"

괜한 동정은 받기 싫어서 여태 숨겨 온 오른쪽 발의 문제. 아는 사람은 육상부 지도교사 쓰쓰미 선생님뿐이다.

"아무한테도 말하지 말라고 부탁을 했는데."

"널 위해서야."

"날 위해서요?"

"오늘 교무실에서 네가 문제가 되었어. 요네야마 선생은 화가 잔뜩 났지. 그래서 쓰쓰미 선생이 널 변호하느라 이야기가 나온 거야. 곤도 신야는 원래 나쁜 아이가 아니다. 지금은 좋아하는 육상부 활동을 할 수 없어 행동이 거칠 뿐이라고."

"……."

"발이 아주 빠르다고, 장래가 촉망된다면서 쓰쓰미 선생은 기대가 크다고 했지. 골단증은 일시적인 병이기 때문에 한동안 안정을 취하면 틀림없이 다시 뛸 수 있게 될 거라고. 우리 육상부의 에이스가 될 거라고."

"그 선생님은 립서비스의 달인이에요."

"그렇지만 덕분에 난 내 생각이 모자랐다는 걸 깨달았어. 정말 이건 담임 자격이 없지. 한심해. 더 일찍 알았다면 무슨 수를 썼을 텐데."

"수라고요?"

"오늘 오후에 내내 고민했어. 난 의사가 아니니까 네 다리를 낫게 해 줄 수 없지. 육상 전문가도 아니기 때문에 도움이 될 충고도 해 줄 수 없어. 그렇지만 나 나름대로 할 수 있는 일이 있지 않을까. 예를 들면 지금 네가 뛸 수 없다면 하다못해……."

후지타 선생님이 몸을 앞으로 내민 순간, 신야는 본능적으로 몸을 뒤로 물렸다.

"하다못해 수영으로 에너지 발산을 돕는다거나."

역시.

"네가 원한다면 말이야."

선수를 쳐야 한다. 신야는 바로 대답했다.

"싫어요."

"왜? 수영은 몸에 아주 좋아. 다리에 부담을 주지 않고 체력을 유지하기에도 좋고. 육상부 활동을 쉬는 동안 트레이닝에 가장 좋을 텐데."

"싫어요, 난……."

"걱정할 거 없어. 처음엔 다들 망설이지만 금방 재미있어 한다니까. 타보도 수영부에 들어와서 처음엔 허우적거렸지만 지금은 요시다 류야하고 경쟁하고 있거든."

"싫어요. 나는……."

"겨울철에는 물에서 하는 연습보다 뭍에서 하는 훈련이 중심이지만 토요일엔 다 함께 구민 수영장에 가거든. 헤엄치면 기분 좋아져. 스트레스 발산에도 바로 효과가 나타나고. 네 에너지를 불태우기에는 수영보다 좋은 운동은 없을 거야."

"그렇지만 난 수영을 전혀……."

관심이 없다!

'관심이 없다'는 말까지 하려던 그 순간이었다.

드르륵, 하고 회의실 문이 다시 열렸다. 머리가 희끗희끗한 교감 선생님이 열린 문 틈새로 얼굴을 디밀었다.

"후지타 선생님, 잠깐만."

"예?"

"잠깐⋯⋯."

교감 선생님이 잠깐 나와 달라고 손짓했다. 그러자 후지타 선생님은 의아한 표정을 지으며 자리에서 일어났다.

"미안, 신야. 금방 돌아올 테니까 반드시 여기서 기다려야 해."

그리고 아무도 없었다―, 아니, 나만 남은 건가?

2+3-3-1=나. 왜 제로가 아니지? 담임의 속셈은 빤히 보였다. 학생이 지닌 문제를 모두 수영부 인원을 확보하는 쪽에 이용하는 부원 가입 권유의 귀신. 도망치려면 기회는 지금뿐일까?

그런 마음의 목소리와는 달리 신야는 멍하니 창가에 앉아 얼음 같은 유리창 너머로 밖을 바라보았다.

어두운 붉은 빛에서 군청색으로 바뀌어 가는 하늘. 그 아래 울려 퍼지는 구호 소리는 축구부, 웃는 소리는 야구부뿐이지만 운동장 구석에서는 육상부 부원들이 소리 없이 연습에 몰두하고 있다. 그 모습을 바라보며 창문 앞에 선 뒤로는 꼼짝도 하지 않았다.

겨울 하늘 아래 일정한 간격으로 달리기를 반복하는 육상부원들의 움직임이 둔했다. 그래도 신야는 한 명을 찾아낼 수 있었다.

남자처럼 짧은 머리카락. 날카롭고 작은 얼굴. 긴 다리.

야베 마코토.

같은 반이었던 초등학교 4학년 때부터 마음이 쓰였다. 활기 차고 머리도 좋아 늘 반에서 앞서가던 마코토. 그런데 어느 날 가사 실습 때 도넛을 만들었는데 '네가 만든 도넛만 구멍이 없네' 하고 남자애가 놀리자 울음을 터뜨렸다.

여자애들은 이해할 수 없는 일로 울음을 터뜨린다. 그렇게 똑똑한 아이가 도넛에 구멍이 없다는 말을 들었다고 울다니.

깜짝 놀랐다. 너무 놀라서 그 뒤로 신야는 마코토한테서 눈을 뗄 수 없게 되었다.

중학교 1학년이 되어 다시 같은 반이 되었을 때는 '다행이다'라는 생각과 함께 가슴이 설렜다. 마코토가 육상부에 가입했다는 걸 알자마자 신야도 얼른 가입했다. 연습할 때 멋진 모습을 보여 주려고 너무 열심히 하다가 그만 순식간에 부상을 입고 말았다. 운이 없었다.

가장 운이 나빴던 것은 마코토 곁에는 옛날부터 늘 히로가 있다는 사실이다. 얼굴까지 잘생긴 우등생. 같은 아파트에 사는 두 사람은 대체 어떤 관계일까? 사귀는 사이일까? 그럼 오랫동안 사권 사이겠지?

생각할수록 초조해져 괜히 소리를 지르고 싶어진다. 신야가 가장 화를 낼 때는 바로 그런 때다. 이게 후지타 선생님이 말하는 '대책 없는 에너지'라면 도저히 자유형이나 평영으로 발산할 수 있는 게 아니다. 게다가 수영부에는 마코토가 없다.

—역시 수영부는 아니야.

이쯤에서 도망쳐야 한다는 생각에 막 창가에서 멀어지

던 신야는 깜짝 놀랐다.

복도를 쪼르르 달려오는 발소리. 아무래도 한발 늦은 모양이다.

"어엇."

문이 거칠게 열린 순간 신야는 비명 같은 소리를 지르며 뒤로 물러섰다. 회의실로 뛰어든 후지타 선생님의 얼굴이 젖어 있었기 때문이다.

어? 눈물? 왜 우는 거지? 뭐야, 이게? 나 때문에? 수영부에 들어가지 않는다고?

신야는 여자의 '갑작스러운 눈물'에 약하다. 갑자기 선생님의 얼굴에 흐르는 눈물을 보고 쇼크를 먹은 신야는 영문도 모른 채 소리를 질렀다.

"아, 알았어요. 들어갈게. 들어간다구요. 수영부 들어가면 되잖아요!"

하지만 후지타 선생님은 잔뜩 잠긴 목소리로 신야에게 말했다.

"미나 아버지가 쓰러지셨대…… 위독하신 모양이야."

20.
조커 또는 전사

후가

야마가타 유우카가 가와무라 후가의 스마트폰에 전화를 걸어온 것은 바이올린 레슨이 끝난 뒤였다.

레슨실 앞에 있는 대기실에서 혼자 초조하게 어머니를 기다리던 중이었다.

"어머님, 잠깐 드릴 말씀이……."

구니시타 선생이 어머니를 안쪽 방으로 불렀다. 아마 지금쯤 그 이야기를 할 것이다. 왜 어머니만 불렀지? 그런 생각에 불안해져 후가는 무의식적으로 바이올린 케이스의 잠금장치를 계속 여닫고 있었다.

좋지 않은 상황에 걸려온 전화라서 처음부터 느낌이 좋지 않았다.

"부탁? 나한테? 뭔데?"

"미나 아버지가 아직 의식이 없다는 건 알지? 미나가 계속 병원에서 간병하는 모양이야. 낯빛이 아주 좋지 않다면서 담임 선생님이 걱정하셔."

유우카가 우울한 목소리로 말했다. 또 그 이야기인가……? 후가는 소리 없이 한숨을 내쉬었다.

5일 전, 미나네 아버지가 지주막하출혈로 쓰러졌다. 바로 병원에 실려 가 목숨은 건졌지만 아직 집중치료실에 있다. 아마도 경영하던 회사가 도산해 육체적으로나 정신적으로나 크게 시달렸던 모양이다. 그런 소문이 동정을 불러일으켰는지 요즘 '예비 불량 학생'으로 교실에서 따로 놀던 미나는 단숨에 '비극의 여주인공'으로 승격되었다. 종이학 천 마리를 접자, 격려 편지를 쓰자 등등 클래스메이트 누구나 미나의 친구인 척하며 수선을 떨었다.

후가는 그 갑작스러운 분위기 변화를 따라가지 못하고

있었다.

"저어, 부탁할게. 너도 병원에 가서 미나를 위로해 줘."

하소연하듯 말하는 유우카는 4개월쯤 전까지 미나의 유일한 친구였던 여자애다.

"미나는 너하고는 지금도 자연스럽게 이야기를 나눌 거야."

"아니, 난 요즘 이야기 나눈 적 없는데."

"그래도 다른 애들보다는 이야기 자주 했잖아. 제발. 너밖에 없어."

"유우카, 네가 직접 가면 되잖아."

"그건, 미나가 날 싫어해서."

"왜?"

"기껏 연하장을 보냈는데 답장하지 않더라."

여전히 하찮은 문제로 끙끙 앓고 있구나, 하는 생각이 들어 후가는 짜증이 났다.

"병원에 가고 안 가고는 내가 결정해."

저절로 목소리에 가시가 돋쳤다.

"너도 말이야, 진심으로 미나가 걱정스럽다면 네가 어떻게 좀 해. 미나하고 사이가 무척 좋았었잖아. 무슨 일이 있었는지는 몰라도 이럴 때만 남에게 기대지 말란 말이야."

애당초 멋대로 토라져 미나를 반에서 고립시킨 사람은 유우카다. 그런 생각이 들자 그만 심한 말을 하고 말았다. 전화를 끊은 후가는 기분이 찜찜했다.

하지만 그건 기껏해야 몇 십 초였다. 후가는 이내 자기 문제로 돌아왔다. 당연히 미나가 걱정되기는 하지만 지금은 그 이상으로 구니시타 선생이 어머니에게 할 이야기가 신경 쓰였다.

아직도 끝나지 않았나? 이야기가 너무 길다. 무거워 보이는 벽시계의 추만큼 시간도 잔뜩 굼뜨게 흐르는 듯했다.

그 시계가 뗑, 하고 8시 반을 알리자 마침내 대기실로 돌아온 어머니를 보고 후가는 불안이 곱절로 커졌다. 눈을 내리깐 어머니는 굳은 표정으로 말없이 후가의 머리에 손을 얹었다. 으윽.

나쁜 예감은 왜 빗나가는 일이 없을까. 후가는 어머니와 함께 교실을 나와 근처 동전 주차장에 세워 두었던 차에 올라탔다. 그리고 어머니가 천천히 입을 열었다.

"봄 리사이틀, 쓰바사로 결정되었대. 아쉽네."

너무 선뜻 말하는 바람에 오히려 후가가 충격을 받기까지는 시간이 걸렸다.

"어째서 쓰바사지?"

엄청난 쇼크가 머리 위에서 잠시 맴돌다가 정수리를 힘껏 내리친 느낌이었다.

"쓰바사라니. 내가 훨씬 나은데. 난 쓰바사에게 진 적 없어. 지난번 콩쿠르도 그 녀석은 2차 예선에도 오르지 못했는데."

후가는 이해가 되지 않았다.

유명한 바이올리니스트인 구니시타 선생이 매년 여는 봄 리사이틀은 제자들이 꼭 서고 싶어 하는 무대다. 초중고등학교 각 학년에서 한 명씩 대표를 뽑아 선생과 함께 무대에 오른다. 작년에도, 재작년에도 후가는 그 영예를 차지했다. 당연히 올해도 그렇게 될 줄 알았다.

"이상하네. 쓰바사는 악보도 제대로 외우지 못해. 음도 자주 갈라지고. 그렇게 완성도 낮다는 건 틀림없이 연습 부족일 텐데……."

이해하지 못하는 후가의 말을 어머니가 '그래도' 하며 가로막았다.

"나는 좋아. 쓰바사가 하는 연주. 즐겁게 연주하기 때문에 듣다 보면 나도 즐거워지거든."

"즐겁다고……?"

악기가 엉뚱한 소리를 낸 것처럼 후가는 목소리가 이상하게 나왔다.

"그게 뭐야? 오락회도 아니고. 바이올린은 진검 승부야. 무대에서 완벽하게 연주하려면 완벽한 연습이 필요해. 난 그걸 내내 해 왔어. 쓰바사보다 훨씬 열심히 했는데……."

연습량을 따지면 누구 못지않은데. 이런 자부심이 후가의 머릿속을 어지럽혔다.

바이올린 왕자. 다들 후가를 그렇게 불렀다. 실제로는 그만큼 우아하지 않고, 스스로는 바이올린 전사라고 생각했다. 적은 얼마든지 있다. 바이올리니스트를 목표로 하는 같은 또래는 헤아릴 수 없을 지경이다. 계속 이기기 위해서는 매일 기술을 갈고닦아 전투력을 끌어올릴 수밖에 없다.

"네가 노력한다는 건 알지. 물론 구니시타 선생님도 알고. 다만……."

"다만 뭐? 구니시타 선생님이 뭐라고 했는데?"

"말하자면 인생은 길다는 거지."

"엥?"

"정말이야. 넌 아직도 앞날이 창창해. 안달복달하면 안 돼. 지금 네게 부족한 게 있다면 그건 앞으로 네가 천천히 채워 가면 되잖아?"

"부족한 거? 그게 뭔데?"

"글쎄, 뭘까?"

헤드라이트가 비추는 밤길로 시선을 던지면서 어머니는 여전히 담담하게 말했다.

"난 가끔 이런 생각이 들더라. 너는 연습하고 또 연습해서, 기를 쓰고 완성시킨 곡을 누구에게 들려주고 싶은 걸까 하는."

"누구?"

"너는 누구에게 들려주고 싶어서 바이올린을 켜는 걸까?"

"누구……?"

그런 건 생각해 본 적이 없다. 내 연주를 들려주고 싶은 상대. 바이올린 선생님들이나 콩쿠르 심사위원들, 전국의 라이벌들. 계속해서 얼굴이 떠오른다. 하지만 아마 어머니가 말하는 건 그런 게 아닐 것이다. 그냥 순수하게 음악을 들려주고 싶은 사람.

분명히 아무 얼굴도 떠오르지 않았다.

아무도 없다. 왠지 가슴이 철렁했다. 어머니의 시선을 피하듯 후가는 조수석 창문 밖으로 눈길을 돌렸다.

유리창에 자기 얼굴이 비쳤다. 늘 잰 체하는 얼굴. 하지만 오늘은 얼굴 윤곽이 유난히 흐릿해 보인다.

말없이 창밖을 내다보는데 문득 흰 솜 같은 것이 나타나 유리창에 비친 후가의 이마에 묻었다. 그리고 뺨에도, 턱에도. 그 솜 같은 것은 점점 늘어나 여러 개의 반점을 만들어 냈다.

"첫눈이구나."

앞 유리창 와이퍼를 작동시키면서 어머니가 중얼거렸다.

세상이 은빛으로 물든 이튿날 아침, 후가는 바이올린 자율 연습을 빼먹었다.

빼먹는다고 해 봐야 스스로 정해 놓은 연습을 오늘은 하지 않기로 했을 뿐이다. 하지만 바이올린을 만지지 않는 아침은 오래간만이었다. 아주 묘한 기분이 들었다.

그날 방과 후에 잡혀 있던 피아노 레슨도 오늘은 건너뛰고 싶다고 어머니에게 말했다.

"그럼 네가 직접 선생님에게 연락해."

어머니는 이유도 물으려고 하지 않았다.

영재교육이 이렇다 저렇다 말들 많지만 후가네 집에서는, 어머니와 아버지는 아들의 연습에 간섭하지 않는다. 하고 싶은 걸 하게 해 주고 도와준다. 그렇지만 그것은 어디까지나 본인의 의지가 있을 때뿐이다. 의욕을 보이지 않으면 바로 그만두라고 한다.

"다녀오겠습니다."

하지만 학교는 역시 빼먹지 않고 간다.

평소보다 5분 일찍 집을 나선 까닭은 길에 쌓인 눈 때문이었다. 안 그래도 후가네 집은 학교에서 멀어서 시간이 많이 걸린다.

미끄러운 등굣길. 후가는 눈사람 세 개를 보았고 미끄러지는 두 사람을 목격했다. 스쳐 지나는 초등학생들은 다들 신바람이 나서 눈 위에 발자국을 찍었다. 아침 햇살이 떠오를수록 환한 햇빛에 반사되어 온통 눈이 덮인 풍경은 더욱 환했다.

하지만 어떤 풍경을 보더라도 후가는 기분이 밝지 않았다.

쓰바사에게 졌다. 중학교 1학년 대표 자리를 빼앗겼다. 이건 크나큰 좌절이었다. 너무 커서 그 크기를 실감할 수 없을 지경이었다.

동시에 후가는 어제저녁에 어머니에게 들은 말도 곰곰 되새기고 있었다.

─너는 누구에게 들려주고 싶어서 바이올린을 켜는 걸까?

누구에게? 이 답을 찾지 못하면 쓰바사에게 진 것과는 전혀 다른 문제이면서도 뭔가 연결되어 있는 기분이 들어 견딜 수 없었다.

학교가 가까워질수록 눈 위에 찍힌 발자국이 늘어났다. 새하얀 눈을 지저분하게 만드는 흙색도 짙어져 교문 부근은 이미 짙은 흙색이었다. 유일하게 운동장만은 아직 지저분하지 않았다. 그 흰 눈을 발로 차서 흐트러뜨리듯 눈싸움을 하는 녀석들이 보였다. 같은 반 아이들이었다.

신페이, 소타, 신야, 하세칸. 늘 시끌시끌한 4인조에 오늘은 여자애들도 섞여 있었다. 마코토와 고노짱, 아리스, 리오. 이쪽도 만만치 않게 시끄러운 아이들이다. 여자애들의 집중 공격을 받고 '헬프 미!' 하며 비명을 지르는 녀석은 자세히 보지 않아도 신페이일 것이다. 녀석들이 뛰어다니는 곳은 분명 눈 위인데 왠지 거기만 한여름처럼 반짝이는 듯 보였다.

눈이 부셔 가늘게 뜨면서 후가는 교실이 있는 건물을 향해 계속 걸었다. 현관을 지나 신발장 앞에서 히로와 게이타로를 보았다.

신발에 묻은 눈을 꼼꼼하게 터는 히로와 그걸 느긋하게 기다리는 게이타로.

후가를 보더니 히로와 게이타로는 살짝 미소를 지었다.

"안녕, 후가?"

"안녕, 후가?"

멋지게 어울리는 건강한 두 목소리에 후가는 그만 엉거주춤했다.

"아……, 안녕?"

얼른 실내화로 갈아 신고 서둘러 계단으로 갔다.

시끄러운 애들이 운동장에 다 나가서 그런지, 1학년 A반 교실은 여느 때처럼 소란스럽지가 않았다. 오히려 차분하고 한가로운 느낌이었다.

복도 쪽 자리에서 머리를 맞대고 있는 네 명은 치즈루, 시호린, 레이미, 유우카였다. 앞줄에서 게임 책을 보고 있는 것은 노무상, 리쿠, 이타루. 히나코와 가호는 창가에 서서 이야기하는 중이고 타보는 같은 수영부원인 류야의 공책을 보고 숙제를 베끼는 중이었다.

저 애들은 특별히 두드러진 면 없는 평범한 학생들이다. 물론 그 가운데는 예사롭지 않은 아이도 있다. 그래도 각자 자기 위치를 제대로 확보해 지키고 있다. 오래 등교하지 않던 가호마저 어느새 자기 자리를 잡은 듯했다.

1학년 종업식까지는 이제 2개월 남짓. 입학한 초기에는 다들 어색했지만 익숙해진 뒤에는 자주 다툼도 있었다. 하지만 요즘은 잘 섞인 트럼프처럼 틀이 잡혀 클래스메이트 대부분은 있어야 할 곳에 있는 것처럼 보였다.

그렇지만 그 가운데는 어디에도 자리를 잡지 못하고 조커처럼 튀어나온 자기 같은 녀석도 있다.

그런데 교실 뒤에 누가 우뚝 서 있는 모습이 눈에 들어왔다.

사물함 앞에서 팔짱을 끼고 잔뜩 폼을 잡고 앞쪽을 노려보는 여학생. 화가 난 게 아니라 책상이 줄이 맞는지 안 맞는지 점검하는 중이다.

구보 유카. '너무 신경질적인 미화위원'이라고 다들 싫어한다. 요즘은 히나코와 함께 있는 모습도 거의 보이지 않는 유카가 다른 아이들이 이야기하는 것만큼 싫지는 않았다. 오히려 약간 동정심을 품고 있었다. 자기와 비슷한 분위기를 풍겼기 때문이다.

다른 애들과 잘 어울리지 못하기 때문에 계속 자기만의 길을 걷는다. 진짜 '마이 웨이'다. 이런 성격은 해외에서는 장점으로 꼽힐 테지만 이 나라에서는 인기가 별로다. 이 나라에서 잘 지내려면 협조성이 중요하다. 그걸 타고나지 못한 후가는 바이올린이 없었다면 대체 어떻게 되었을지, 생각만 해도 끔찍하다.

음악만 하다 보니 다른 애들과 따로 놀게 된 것이 아니다. 애당초 겉도는 성격이라 후가에게는 음악이 필요했다.

구보 유카도 보면 피곤한 성격이다. 스스로 원해서 구보 유카로 태어나지는 않았을 테지. 하지만 정신을 바짝 차리고 그 운명을 받아들여 당당하려고 하는 그 의지력이 부럽다. 2학기 반장 선거에 나섰을 때는 지고 말았지만 그 똥배짱이 존경스러워 한 표를 던졌다.

만약 구보 유카가 없었다면 이 교실은 후가에게 훨씬 더 불편한 전쟁터가 되었을 것이다.

구보 유카라면 — 하는 생각이 문득 들었다. 구보 유카라면 내 바이올린 연주에 조금은 귀를 기울여 주지 않을까? 음악을 매개로 세상과 이어지는 일, 음악이 주는 편안함과 흥분을 이해해 주지 않을까?

후가는 연주회장 객석에 앉은 구보 유카의 모습을 상상하고, 마침내 떠오른 그 '얼굴'이 의외라 푸르르 어깨를 떨었다.

또 한 명.

도무지 자기 자리를 잡지 못하는 조커가 있다.

"이래저래 많이 힘들었겠다."

그날 방과 후, 후가는 유우카가 가르쳐 준 병원을 찾아가 7층 집중치료실 앞에 있는 벤치에서 오래간만에 미나와 이야기를 나누었다.

"아버지는 아직 의식이 돌아오지 않으셨어?"

"응. 그렇지만 틀림없이 괜찮을 거라고 의사 선생님
이⋯⋯. 그래서 엄마나 나나 그 말을 믿고 기다리는 거
야."

미나는 분명히 낯빛이 좋지 않았다.

피부가 하얗기 때문에 눈 밑의 다크서클이 유난히 짙
게 보였다. 하지만 정신적으로는 짐작했던 것보다 많이
가라앉지 않은 상태였다.

"아빠는 분명히 지쳤을 거야. 이제 피로가 풀릴 때까
지 푹 주무시면 좋겠어."

"회사 일 때문에?"

"응. 회사는 망했지만 집은 남았어. 여러모로 드라마
틱한 소문이 떠도는 것 같던데 실제로는 대부분의 문제
를 변호사가 꾸준히 정리하고 있어."

쿨한 말투도 여느 때와 다름없는 미나였다. 거기에 용
기를 얻어 후가가 입을 열었다.

"미나야, 저어⋯⋯."

"응?"

"넌 연하장 싫어하지?"

"연하장?"

"전에 네가 말했잖아. 좋은 일이 있는 것도 아닌데 축하한다느니 하는 게 바보 같다고. 그래서 올해도 보내지 않았어. 아무에게도. 유우카에게도 보내지 않았고."

곁눈질로 흘끔 눈치를 살피니 미나의 표정은 바뀌지 않았다.

"유우카는 네가 자기를 싫어하는 줄 알아. 그래서 겁이 나 보러 오지 못하는 것 같은데. 그건 유우카 착각이지?"

"글쎄……."

지나다니는 사람이 없는 조용한 복도에서 미나의 잠긴 목소리가 울렸다. 조금 전과는 달리 자신이 없는 목소리였다.

"나도 왠지 겁이 나서."

"유우카가?"

"아니, 사람들이……, 나 자신이."

"어느 쪽인데?"

"모르겠어. 나 자신인가? 아주 가까워지면 부딪히는

거겠지."

"부딪혀?"

"난 말이야, 너도 알잖아? 마음을 억누르지 못하고 심한 말을 하곤 하니까."

"아아……."

"그래서 유우카가……, 아니 사람들이, 사람들과 가까워지는 게 두려웠던 건지도 몰라."

떠듬떠듬 말하지만 미나가 하고 싶은 말이 무엇인지 알 수 있을 것 같았다. 굳센 것 같으면서도 약한 미나.

"그래도 말이야, 난 이런 생각을 해 보았어. 무섭다는 건 그만큼 상대방이 소중하다는 거 아니겠어? 아무렇게 나 되어도 상관없다면 그러지는……, 에잇!"

느닷없이 미나가 후가의 코를 꼬집는 바람에 후가는 몸을 뒤로 젖혔다.

"뭐하는 거야?"

"수상해, 너 오늘."

"수상해?"

"다른 사람 걱정을 하잖아? 너답지 않게."

"아아……, 뭐 그건 그렇구나."

"무슨 일 있었니?"

"좌절."

"뭐?"

"나 지금 바이올린 때문에 좌절했어."

"아—."

"그런 건 뭐 관계없어. 그냥 네가 걱정돼. 난 친구도 거의 없고. 게다가 너한테는 은혜를 입은 일도 있어서."

은혜. 이 부분에 대해 묻지 않는 미나의 눈을 보니 내가 그 일을 말한다는 걸 알아차린 눈치였다.

그 일—. 아직 교복 옷깃이 익숙하지 않아 불편했던 무렵이다. 후가는 취주악부 선배들에게 불려 나가 계속 가입하라는 권유를 받은 일이 있다. 일주일에 두 번 바이올린 레슨, 일주일에 한 번은 피아노 레슨, 한 달에 한 번은 악보 읽기 레슨을 받으러 다니기 때문에 힘들다고 거절하자 이번에는 '너 우릴 깔보는 거지?' 하며 괴롭혔다. 특별히 얕보거나 하지는 않았지만 앞으로는 철저하게 깔보기로 마음을 굳게 먹으며 교실로 돌아오니 축구공이 교실 바닥에 떨어져 있었다.

화풀이로 공을 뻥 걷어찼다. 그런데 공이 생각보다 세게, 멀리 날아가 베란다로 나가는 유리문을 박살 냈다.

큰일 났다. 문제가 될 것이다. 입학한 지 얼마 되지도 않아 선생님들에게 찍힐 텐데. 조퇴나 결석이 힘들어지면 레슨에도 지장이 있을 텐데.

후가는 바로 도망치기로 했다.

그런데 막 뛰기 시작해 문 앞에 이르자 거기에 어떤 여자애가 서 있었다.

들켰네. 끝장이다. 하지만 어깨를 축 늘어뜨린 후가에게 그 여자애― 미나는 엄지를 척 세우며 말했다.

"나이스 슛!"

이미 남자애들 무리에서 겉돌던 후가가 미나와 가까워진 것은 그 뒤부터였다.

이 일을 아무에게도 말하지 않아 준 은인. 구보 유카와는 또 다른 종류의 '비슷한 분위기'를 지닌 미나에게 후가는 은근히 호감을 느끼고 있었다. 미나, 유우카와 셋이 가벼운 분위기에서 함께 있는 시간이 즐거웠다. 그런데 사이가 꼬인 순간 도망쳤다. 미나와 유우카가 틀어졌을 때 여자애들끼리 흔히 있는 감정싸움에 휘말리고 싶지 않아 두 사람에게 어떻게 된 일인지 물으려고도 하지 않았다.

그 찜찜한 기분이 아직 가슴에 남아 후가가 말했다.

"난 너하고 유우카가 역시 좋은 콤비라고 생각해. 활활 타오르는 불과 잔잔한 물처럼 말이야."

"활활 타올라?"

"지금 이 상태로 2학년에 올라가 반이 갈라져도 괜찮겠어?"

"……."

"혹시 내가 할 수 있는 일이 없을까? 유우카에게 말을 전한다거나. 시간이 없어. 나 오래 좌절에 빠져 있고 싶지 않거든."

벤치 끄트머리에 발을 걸치고 웅크리고 앉은 미나는 말이 없었다. 이제 꽤 검어진 갈색 머리카락 사이로 진지하게 고민하는 옆얼굴이 보였다.

"그럼 유우카에게 전해 줘. 난 연하장 답장은 죽어도

하지 않을 거라고."

"……정말?"

"축하하고 싶지도 않은데 축하한다는 말은 평생 누구에게도 하지 않을 거야. 해피하지도 않은데 해피 뉴 이어라는 말을 어떻게 해. 부탁할 일도 없는데 뭐가 올해도 잘 부탁한다는 거야? 그런 소리는 입이 찢어져도 못하겠어."

미나는 단숨에 내뱉더니 번쩍 고개를 들었다.

"그렇지만 아빠가 깨어나면, 그때는 유우카에게 말할 거야."

"뭐?"

"유우카에게 제일 먼저 말을 할 거야. 그렇게 전해."

후가는 잠시 숨을 멈췄다. 그리고 '응, 응' 하며 고개를 끄덕였다.

"알았어. 전할게. 꼭 전할게."

하지만 그럴 필요가 없었다.

후가를 보지도 않으며 벤치 위에 무릎을 안고 앉아 몸을 흔들던 미나가 갑자기 딱 멈췄다. 순식간에 몸이 굳었다. 무슨 일인가 싶어 미나가 바라보는 곳으로 시선을 돌리니 복도 저편에서 이쪽으로 걸어오는 사람이 있었다.

유우카였다. 역시 잔뜩 긴장해서 한 걸음 한 걸음, 살얼음 위를 걷듯 다가오고 있었다.

"후가."

"응?"

"아무래도 내가 직접 이야기해야겠어."

그렇게 중얼거리는 미나의 눈에서는 눈이 녹아 방울져 떨어지듯 눈물이 주르륵 흘러내렸다.

21.

발렌타인데이 이브

레이미

"아, 녹는다, 녹아. 대단하네. 점점 녹아."

냄비 안에서 끓는 물에 떠 있는 그릇을 들여다보며 레이미가 코를 킁킁거렸다.

"아아, 핥아먹고 싶어. 마시고 싶어."

먼저 데워 둔 생크림과 섞여 점점 액체로 변해 가는 판초콜릿. 그 매끌매끌한 표면에 당장이라도 혀를 댈 것 같은 레이미를 시호린은 양쪽 겨드랑이를 붙잡아 말렸다.

"어머, 안 돼. 중간에 먹기 없어."

"맞아, 다 될 때까지 기다려."

"으앙, 쩨쩨하게."

달콤한 냄새의 유혹 앞에서 레이미는 먹이를 앞에 둔 강아지처럼 몸을 꼬았다.

2월 13일. 발렌타인데이 하루 전날. 레이미는 학교에서 돌아오는 길에 치즈루네 집에 들러 태어나서 처음으로 수제 초콜릿에 도전했다. 취주악부 선배에게 컵초코를 만들어 선물하겠다는 치즈루에게 '나도 초콜릿 만들고 싶어!', '나도!' 하며 시호린과 함께 도전한 것이다.

재료는 근처 슈퍼마켓에서 샀다. 어머니와 함께 자주 과자를 만든다는 치즈루는 무엇이든 잘 고른다. 가장 중요한 초콜릿, 생크림, 한 입 크기 알루미늄 컵. 필요한 걸 필요한 만큼 거침없이 장바구니에 담았다.

치즈루네 집 주방에서도 레이미와 시호린은 거의 구경꾼이나 마찬가지였다. 둘이 멍하니 구경하는 동안 치즈루는 냄비에 물을 끓이고 그릇에 생크림을 담아 데운 다음 판초콜릿을 부엌칼로 잘게 썰어 내는 작업을 척척 해냈다.

"컵초코 만들기의 기본은 이 초콜릿을 부드러운 상태

로 유지하는 거야. 뜨거운 물이 식으면 바로 굳어 버리니
까. 그러면 다시 불을 켜고 나무 주걱으로 잘 저어야 해.
초코만 부드럽게 만들면 거의 다 된 셈이야!"

마치 치즈루의 쿠킹 교실 같았다.

"다행이야, 치즈루가 있어서. 나 혼자였다면 밤중까지
만들어야 했을 텐데."

"나도. 혼자였다면 이 초콜릿 그냥 단숨에 먹어 치웠
을 거야."

"설마. 이런 상태로 먹으면 코피 날 거야."

"맞아, 코피 나서 죽을 거야, 레이미!"

"초콜릿 먹고 죽는다면 행복하지!"

셋이서 수다를 떨며 끈적끈적해진 초콜릿을 스푼으로
알루미늄 컵에 흘려 넣었다. 그리고 표면을 평평하게 정
돈했다.

"이제 초콜릿이 굳기 전에 얹고 싶은 걸 얹으면 돼."

"와아, 얹자, 얹어."

토핑으로 얹을 재료는 셋이 각자 마음에 드는 것을 사
거나 집에서 가져왔다. 쿠키나 아몬드를 잘게 부수고 섞

어 크런치 초콜릿 스타일로 만든 것은 맛을 중요하게 여기는 치즈루. 반대로 모양을 중요하게 여기는 시호린은 알록달록 스프레이 초콜릿과 작은 은빛 구슬 캔디로 컵 표면을 화려하게 장식했다.

레이미는 역시 맛을 중시하는 쪽.

"에엥? 레이미, 잔멸치를 얹을 거야?"

"어머, 그건 혹시 캔디?"

"그 매운 과자는 얹지 마!"

하나하나 얹을 때마다 두 사람이 깜짝 놀랐지만 레이미는 아랑곳하지 않고 맛 중심으로 밀고 나갔다.

맛있는 초콜릿이나 예쁜 초콜릿은 가게에서 얼마든 살 수 있다. 애써 직접 만드는 거니 어디서도 팔지 않는 자기만의 진짜 오리지널을 만들고 싶었다. 그런 레이미 나름의 목표 의식이 있었지만 번거로운 설명을 건너뛰고, 갑자기 행동으로 옮기기 때문에 주위 사람들은 '이상한 아이'로 여긴다.

"뭐 됐어. 슈마흐라면 먹어 줄 테니까."

"그렇겠지. 의외로 이런 맛을 좋아하는 쥐일지도 몰

라."

치즈루와 시호린도 이내 아무 말 없게 되었다. 둘 다 레이미의 행동에 익숙하기도 했지만 지금 당장은 자기 초콜릿을 만드느라 그럴 틈이 없었다.

"그런데 레이미는 좋겠다. 슈마흐라면 초콜릿을 주기도 편하겠지."

"정말. 난 발렌타인데이 초콜릿은 태어나서 처음이라 진짜 긴장돼."

"어머, 치즈루. 처음이야?"

"응. 지금까지는 늘 내가 먹고 말았어. 하지만 이번엔 어떻게든 제대로 주고 싶어. 선배가 그냥 졸업해 버리면 난 분명히 후회할 테니까."

"졸업이라."

"시호린, 너 알아? 다케 선배는 고등학교에 가면 더는 취주악부 하지 않을 거래. 대학 입시 때문에. 난 선배가 졸업해도 클라리넷을 부는 동안은 함께 연습할 수 있을 줄 알았는데."

치즈루가 촉촉한 목소리로 울먹이며 말했다.

레이미는 이럴 때면 어찌할 바를 몰라 허둥대게 된다.

다케 선배 이야기만 나오면 치즈루는 바로 레이미가 모르는 치즈루가 된다. 기타미초등학교 시절부터 여태까지 한 번도 본 적이 없는 얼굴. 다케 선배를 좋아하면서 치즈루는 변했다. 갑자기 어른스러워졌다. 갑자기 여성스러워졌다. 여자 어른처럼.

부럽기도 하고 왠지 부끄럽기도 한 감정을 추스르지 못하는 레이미 옆에서 시호린이 치즈루의 등으로 손을 뻗었다.

"괜찮아. 선배의 클라리넷 소리는 네가 잘 이어받았잖아. 그러니 앞으로도 함께 있는 거야."

레이미는 이럴 때 우물쭈물하지 않고 '좋은 말'을 제대로 할 수 있는 시호린이 대단하게 보였다. 시호린은 늘 냉정하다. 다른 사람을 가만히 지켜보다가 소극적인 성격과는 어울리지 않게 종종 날카로운 지적을 한다.

그런 시호린이 이변을 일으킨 것은 뜨거운 물 안에 있는 그릇의 내용물이 거의 줄어들었을 때였다.

토핑 재료를 다 쓴 레이미는 문득 떠오른 생각이 있어

핑크색 아이싱 반죽으로 컵초코 표면에 S자를 써 보았다.

"어머, 멋지네. 슈마흐의 S?"

치즈루가 얼른 흉내를 내 자기 초콜릿에도 다케 선배의 이니셜인 T자를 그렸다.

문제는 그다음에 시호린도 K를 쓴 것이었다.

"어? K? 왜?"

"히로의 성 이니셜이 K인가?"

"아니야. 성이 오노니까 O지."

"그럼 K는 누군데?"

"시호린, 누구야?"

둘이 다그쳤지만 시호린은 고개를 숙였다. 마치 핑크 아이싱 반죽이라도 칠한 양 그 뺨이 점점 분홍빛으로 물들었다.

"저어, 나……, 사실은 좋아하는 사람이 바뀌었어."

충격적인 고백. 레이미나 치즈루나 몸을 뒤로 젖히며 깜짝 놀랐다.

"에엑?"

시호린은 소심한 성격이면서도 1학기부터 꾸준히 히

로를 좋아했다. 열여덟 살이 되면 히로와 결혼해 아들딸 셋을 낳아 행복한 가정을 이루고 자녀가 독립한 뒤에는 부부 동반 여행을 즐기며 제2의 인생을 만끽할 거라는 장기적인 계획까지 세우고 있었다.

"이런 말을 꺼내기 힘들어서……, 쉽게 할 수 있는 이야기가 아니라서. 미안해. 난 히로가 싫어진 게 아니야. 지금도 착한 애라고 생각해. 그렇지만 계속 히로만 바라보다 보니 점점……."

"점점?"

"어쩌면 히로와 결혼하면 좀 피곤할지도 모르겠다는 생각이 들었어. 함께 여행해도 재미있을지 없을지 모르겠다는 생각도 들었고."

마음이 바뀐 이유가 밝혀졌다. 순간 그때까지 잔뜩 들떴던 레이미와 치즈루는 퍼뜩 정신을 차린 것처럼 다시 침착해졌다. 그리고 동시에 고개를 끄덕였다.

"분명히 그럴 수도 있겠지."

"응. 맞아. 좀 피곤할지도 몰라."

"즐겁지 않을지도 모르지."

"착한 앤데."

"맞아, 착한 앤데……."

"……."

"착하기는 하지."

조용해진 주방 안에는 초콜릿의 달콤한 향기가 갑자기 씁쓸하게 바뀌었다.

"히로에겐 미안하지만."

히로와 사귄 것도 아닌데 시호린은 죄를 지은 여자 같은 눈을 하고 말했다.

"나 히로를 지켜보다 보니 늘 히로와 함께 다니는 게이타로에게 마음이 기울어지게 되었어."

"아, 그럼 K는 게이타로?"

"응. 히로는 누구에게나 친절하지만 게이타로는 만약 사귀게 되면 내게만 잘 대해 줄 것 같아서."

히로는 누구에게나 친절하고 게이타로는 자기에게만 친절할 것이다. 그 말에 묘한 설득력이 있어서인지 레이미와 치즈루는 '역시 시호린이야'라며 감탄했다. 이렇게 해서 히로는 정리되었고, 이번에는 게이타로를 두고 이러쿵저러쿵 이야기하면서 셋은 다시 초콜릿을 만들기 시작했다.

"게이타로하고는 이야기하기 편하지?"

"응. 잘생기지는 않았지만 느낌이 좋지."

"맞아, 그래. 느낌. 그거 참 중요해."

"게이타로는 다른 애한테도 초콜릿을 받을 것 같니?"

"응. 의리로 주는 초콜릿이 있을지도 모르지. 신페이만큼 많이 받지는 않을 테지만."

"신페이가 공약을 내걸었어. 의리 초콜릿을 준 사람 모두에게 빠짐없이 세 배로 갚겠다고."

"그렇다면 거의 투자네. 아, 그런데 이타루 이야기 들었지?

"맞아, 들었어. '태풍일과'의 존이 자기 사촌이라고 했다더라."

"초콜릿 주면 존을 만나게 해 주겠다고 하는데 그걸 누가 믿겠어?"

바로 수다스러워지는 세 사람이 겨우 작업에 전념하게 된 것은 주방 창문으로 보이는 하늘이 초콜릿색으로 물들고 달이 창문으로 주방을 엿보기 시작할 무렵이었다.

"큰일 났다. 시간이 없어."

치즈루네 어머니가 파트타임 아르바이트에서 돌아올 7시 반 전까지 초콜릿 만들기를 마치고 주방을 정리한 다음 증거를 감쪽같이 없애야 한다. 초조해진 세 명은 알루미늄으로 된 컵을 찢기도 하고 스푼을 초콜릿 안에 빠뜨리기도 하는 실수를 계속 저질렀다. 그때마다 허둥대면서도 간신히 7시 반이 되기 전에 뜨거운 물에 담긴 그릇의 초콜릿을 다 비웠다.

한 사람이 열아홉 개씩, 모두 쉰일곱 개의 컵초코가 만들어졌다.

"완성! 먹어 보자."

마침내, 드디어, 그토록 바라던 시식 타임.

손수 만든 초콜릿들은 어느 것이나 가게에서 파는 것보다 더 반짝거려 먹음직스러웠다. 망설인 끝에 레이미가 먼저 집어 든 것은 몰래 만든 작품인 감씨과자 토핑이었다. 치즈루는 아몬드 넣은 초콜릿, 시호린은 일곱 가지 색깔로 장식하려다가 살짝 실패한 것 가운데 하나를 골랐다.

"그럼 내일 건투를 빌며, 건배!"

입에 넣기 전에 세 사람은 다 함께 컵초코를 눈높이까지 들어 올렸다.

"다케 선배가 초콜릿을 받아 주기를."

"게이타로가 다른 여자애들한테 초콜릿을 받지 않기를."

"내가 만든 초콜릿이 맛있기를."

세 개의 컵초코가 맞닿은 순간, '아, 참' 하며 치즈루가 문득 생각났다는 듯이 덧붙였다.

"미나네 아빠의 퇴원에도, 건배."

레이미와 시호린도 그제야 생각났다는 듯이 '맞아', '그렇지' 하며 고개를 끄덕였다.

"다행이야, 미나네 아빠."

"응, 유우카와 미나도."

"다행이지."

미나와 떨어져 지내는 동안 세 사람과 어울렸던 유우카. 그렇지만 유우카는 늘 왠지 쓸쓸해 보였다. 미나와 함께 있을 때처럼 활짝 웃지 못했다.

복잡한 눈빛을 보니 치즈루와 시호린도 같은 심정인 모양이라고 느끼며 레이미는 '건배!' 하며 다시 컵초코를 치켜들었다.

치즈루가 만든 초콜릿은 전문가 수준이었다. 보기에는 평범하지만 한 입 먹을 때마다 맛이 달라졌다. 칩이나 쿠키 맛이 입안 가득 퍼진다. 식감도 좋아 한 입 먹으면 계속 먹게 된다.

시호린이 만든 초콜릿은 눈이 즐거워진다. 아이싱이나 스프레이 초코로 그린 하트 모양, 곰 그림, 게이타로의 얼굴 그림. 모두 귀엽고 입에 넣기 아까울 지경이었다.

레이미가 만든 것은 맛이 좋다는 칭찬을 들었다. 매실 맛 캔디를 얹은 것과 후추소금을 얹은 것에는 아무도 손을 대지 않았지만 감씨과자나 단밤 토핑은 기대 이상으로 초콜릿과 잘 어울렸다. 만든 레이미도 깜짝 놀랐다.

이제 내일 전달만 하면 된다. 제대로 된 상자에 넣은 초콜릿을 각자 선물할 상대에게 건넬 일만 남았다. 치즈루와 시호린의 사랑이 잘 이루어지기를 기도하면서 레이미는 들뜬 마음으로 뛰었다. 그리고 집에 도착해 만든 초콜릿을 자기 방 옷장에 숨겼다.

그리고 이튿날 아침, 눈을 뜨자마자 함께 누워 있던 슈마흐에게 '해피 발렌타인데이!' 하며 초콜릿을 내밀었다.

다만 제대로 만든 게 아니라 나머지 컵초코 가운데 하나였다.

치즈루와 시호린은 슈마흐가 초콜릿을 받을 거라고 철석같이 믿었지만 역시 레이미도 봉제 인형에게 주기 위해 초콜릿을 만들지는 않았다. 독일로 이민을 간 할머니가 보내 준 슈마흐는 분명히 소중한 가족이고 없어서는 안 될 이야기 상대다. 하지만 안타깝게도 봉제 인형이라는 한계가 있다는 사실을 요즘 깨닫게 되었다.

그날 아침, 여느 때보다 일찍 집을 나선 레이미가 초콜릿을 들고 간 곳은 통학로에서 조금 벗어난 패밀리레스토랑 주차장이었다. '남들 눈에 띄지 않는 곳'이라고 해서 이곳으로 정했다. 아직 차도 사람도 없는 그곳은 텅 빈 냉장고처럼 차가운 정적만 감돌았다.

레이미는 약속 시간 3분 전에 도착했다.

그런데 소타가 먼저 와 있었다.

"안녕?"

"안녕?"

안절부절못하며 몸을 흔들고 있던 소타에게 다가가 '이거' 하며 초콜릿 상자를 내밀었다.

"우와."

"진짜 오리지널 레이미 초콜릿이야."

"땡큐!"

소타가 들뜬 목소리로 크게 소리치며 상자 뚜껑을 와락 열었다. 하지만 그 표정이 호러 영화 주인공 못지않게 일그러졌다.

"으악, 뭐야, 이건?"

잔멸치, 매실 캔디, 매운 과자, 오징어채, 후추소금, 생강절임. 온갖 특이한 재료를 얹은 초콜릿들이 어디 먹을 테면 먹어 보라는 듯 상자 안에서 소타를 노려보고 있었다.

"이건……, 무슨 복수라도 하려는 거야? 너 슈마흐 사건 때문에 날 아직도 원망하는 거지?"

"설마. 그 일은 끝난 지 오래."

동아리 활동을 마치고 돌아가다가 우연히 소타를 마주친 것은 작년 연말이었다. 먼저 말을 건 사람은 소타였다. 어깨를 나란히 하고 걷다가 그가 불쑥 '그땐 정말 미안했어'라며 웹사이트 게시물 사건을 사과했다. 이때까지도 사과를 할 타이밍을 잡지 못하고 있었다고 한다.

소타가 범인이라는 사실은 어렴풋이 알았기 때문에 레이미는 별로 놀라지 않았다. 이제는 화도 나지 않았다. 그렇지만 마무리는 짓겠다는 생각에 소타를 집으로 데리고 와서 슈마흐에게 사과하게 했다.

그 뒤로 왠지 매일 둘이 문자를 주고받게 되었다.

그래 봤자 문자 내용은 하찮은 우스갯소리뿐이었다. 소타가 학교에서는 말을 걸지 않았고, 레이미도 설명하기 번거로워 아무에게도 소타 이야기를 하지 않았다.

"원망하지 않는다면 뭐야? 이 배짱 테스트하는 것 같은 초콜릿들은?"

"그건 네가 단것을 잘 못 먹는다고 해서."

"뭐? 음, 그렇긴 하지."

"그래서 매운 것, 신 것으로 균형을 잡아 준 거야."

"균형……이 잡힐까?"

"나도 알고 싶어. 어서 먹어 봐."

기대에 찬 눈으로 재촉하는 바람에 소타는 꿀꺽 침을 삼켰다. 안경 렌즈 너머로 초콜릿을 바라보는 그 눈이 차츰 체념의 빛깔로 물들어 갔다.

"알았어, 나도 남자야."

될 대로 되라는 듯 내뱉고 번지점프에라도 도전하는 표정으로 눈 딱 감고 초콜릿을 하나 집어 들었다. 하필 감씨과자를 얹은 초콜릿이었다.

"이얍!"

조심스럽게 알루미늄 컵을 벗기고 우렁찬 기합 소리와 함께 입에 넣었다. 씹지 않고 삼키려고 했지만 뜻대로 되지 않아 몇 차례 입을 오물거려 위에 얹은 감씨과자도 그대로 목구멍 안으로 삼켰다.

"어때?"

"모르겠어!"

기쁜 표정으로 얼굴을 들여다보는 레이미를 등지고 소타는 두 손으로 입을 가렸다. 으으윽, 고통스럽게 신음하며 목구멍 깊은 곳에서 솟구쳐 오르는 무엇인가와 싸웠다.

30초 뒤, 간신히 그 싸움에서 이겼는지 소타는 눈물을 글썽이며 레이미를 돌아보았다.

"죽는 줄 알았어."

"잘했어!"

"저어…… 먹기는 했는데 미안하지만 대답은 잠시 기다려 주지 않겠니?"

"대답?"

"나 널 재미있는 아이라고 생각하고 왠지 신경이 쓰이기는 하지만 아직 잘 모르겠어. 내가 널 좋아하는지 아닌지."

다시 안절부절못하는 소타에게 레이미는 태연하게 말했다.

"응, 나도."

"뭐?"

"나도 잘 모르겠으니까 괜찮아."

"그럼······, 이 초콜릿은?"

"그건 진짜 내가 직접 만든 오리지널 초콜릿. 인간에게 주고 싶었어."

그럼 잘 가, 하며 방긋 웃고 돌아선 다음 레이미는 멀어져 갔다.

통통 튀는 듯한 발걸음으로 멀어지는 레이미의 뒷모습을 소타는 멍하니 지켜보았다. 큰길을 지나는 행인들 속으로 그 모습이 사라지자 손에 든 상자 안에 있는 배짱 테스트 같은 초콜릿을 내려다보며 인생 최대의 트림을 토해 냈다.

22.
약속

마코토

마코토가 리오에게 이상한 부탁을 받은 것은 아이들이 의리로 준 초콜릿을 너무 많이 먹은 신페이가 코피를 흘려 양호실로 달려가는 보기 드문 사건이 일어난 며칠 뒤의 일이었다.

"부탁해! 오래달리기 대회까지면 되니까 내 코치가 되어 달리기 연습을 함께 해 줘."

기타미제2중의 올해 마지막 이벤트인 오래달리기 대회. 3월에 열리는 그 경주에서 리오는 어떻게든 친구 아리스를 이기고 싶었다. 그래서 특별훈련을 하고 싶다는 것이다.

"내가 코치를?"

"응. 넌 육상부잖아."

"그렇지만 우리 육상부는 단거리 중심이라 장거리는 거의 뛰지 않는데."

"폼이라거나 호흡법 같은 거. 네가 아는 것만 가르쳐 주면 돼."

"음. 그렇지만 나보다 아리스가 달리기 더 빠른데."

자신 없는 목소리로 마코토가 대꾸하자 리오는 눈을 부라렸다.

"아리스에게 이기기 위해 특별훈련을 하고 싶은 거야. 아리스에게 배울 수는 없잖아."

"그건 그렇지만……. 왜 아리스를 이기려고 하는 거지?"

"내기를 걸었으니까."

"내기?"

"그래. 오래달리기 대회에서 내가 이기면 아리스가 내게 어떤 약속을 하겠다고 했어."

어떤 약속? 그게 대체 뭘까? 신경이 쓰였지만 마코토는 묻지 않았다. 숏 컷으로 자른 앞 머리카락 사이로 보이는 리오의 눈이 질문을 거부했기 때문이다.

"응? 제발. 넌 그냥 육상부 활동을 하면 돼. 내가 알아서 자율적으로 훈련할 테니까. 가끔 어드바이스만 해 달라고."

외골수인 리오는 한번 말을 꺼내면 거둬들일 줄을 모른다. 결국 마코토는 임시 코치를 맡기로 했다. 하지만 실제로 그날 방과 후 운동장에서 자율 훈련을 하는 리오를 보았을 때 멀리서 보기에도 의욕이 너무 넘쳐 살짝 기가 죽었다.

리오는 묵묵히 운동장을 크게 돌고 있었다. 야구부, 축구부, 육상부. 이 운동부가 각각 무리를 이룬 운동장에서 리오만 홀로 뛰는 중이었다. 그 모습은 고독해 보였지만 그런 건 신경 쓰지 않는지 가끔 마코토와 같은 육상부인 아리스에게 손을 흔들어 주기까지 했다.

그러면서 아리스에게는 말도 걸지 않고 몇 바퀴 돈 다음 마코토에게 다가왔다.

"얘, 마코토. 나 어때?"

육상부 연습을 하면서도 마코토는 흘끔흘끔 리오가 달리는 모습을 관찰한 결과 눈에 거슬리는 점을 지적해 주었다.

"땅을 찰 때 너무 세게 차는 거 아닌가? 발만 쓰지 말고 팔도 좀 이용해."

"시선은 될 수 있으면 일정하게 유지하고. 두리번거리지 말고 약간 아래쪽을 봐."

"턱이 올라가니까 중심이 무너지지."

리오는 꽤 소질이 있다. 도움말을 해 주면 바로 이해했다. 합기도를 하기 때문인지 체력도 있다. 그래도 리오가 애쓰는 모습을 지켜볼수록 마코토는 오히려 가슴속에 허무감이 피어 올랐다.

하지만 아리스에게 이길 수는 없을 것이다.

아리스는 빠르다. 연습 시합에서 아리스와 뛸 때마다 마코토는 야생동물을 상대하는 기분이 들었다. 다리의 탄력성을 비롯해 타고난 능력이 다르기 때문이다.

그래도 하늘을 향해 칼을 휘두르듯 리오는 계속 달렸

다. 차츰 뺨이 붉어지고 호흡이 거칠어졌다. 아직 봄 냄새도 나지 않는 차가운 바람을 맞으며 씩씩하게 앞을 보며 메마른 땅을 차고 나갔다.

계속 지켜보지 못하고 시선을 돌린 것은 이길 수 없는 승부에 도전하는 모습을 계속 지켜볼 수 없었기 때문만은 아니었다. 이길 수 없는 승부를 너무 쉽게 포기하게 된 자신이 갑자기 떳떳하지 못하게 느껴졌기 때문이다.

도저히 이길 수 없는 상대가 있다. 워낙 남에게 지기 싫어하는 마코토는 그런 사실을 받아들이기 힘들었다. 아쉬웠다. 이럴 리가 없는데, 하는 생각이 들었다.

그런데 어느새 패배에 익숙해졌다.

육상만이 아니다. 중학생이 된 뒤로 마코토는 시험 성적에서도 1등을 차지하지 못했다. 육상부에는 아리스가 있듯이 1학년 A반에는 고노짱이 있기 때문이다.

아이러니하게도 반에서 가장 사이가 좋은 고노짱은 마코토가 도저히 공부로 이길 수 없었다. 아무리 노력하고 학원을 다녀도 시험 성적은 늘 여학생 가운데 2위 이하.

죽어라 공부만 하는 것처럼 보이지도 않는 고노짱은 남들보다 곱절은 두뇌 회전이 빠른 것 같다. 시험 문제를 푸는 속도도 놀랍다. 눈 깜빡할 사이에 마지막 한 문제까지 풀어낸다. 마코토가 자주 하는 실수를 고노짱은 하지 않는 까닭은 틀림없이 남은 시간에 차분하게 답을 다시 검토하기 때문일 것이다.

아리스나 고노짱과 만난 뒤 마코토는 '천성'이라는 것에 대해 자주 생각하게 되었다. 발이 빠르다. 두뇌 회전이 빠르다. 그 애들이 타고난 그 천성은 태어난 뒤에는 얻을 수 있는 게 아니다. 응애, 하고 태어난 순간에 이미 승부는 났다. 이제 와서 발버둥을 쳐 봐야 더 아쉬운 생각만 들 뿐이다.

요즘 내 인생의 전성기는 열두 살 때였다는 생각이 자주 든다. 기타미초등학교 소프트볼 투수였을 때 마코토가 이끄는 팀은 구 대회 4강에 올라 지역 신문에 기사가 실리기도 했다. 후배 여자애들이 꺅꺅 소리를 질렀고 발렌타인데이 때는 다 먹을 수 없을 만큼 많은 초콜릿을 받았다.

모두 이미 지난날의 영광이다. 열세 살에 인생의 전성기가 지나 버렸고 이제는 소프트볼부가 없는 이 학교에서 '제법 인간성 좋은 부반장'이라는 모호한 캐릭터를 연기하며 지낼 수밖에 없을 거라고 생각한다.

육상부 연습을 마치고 집인 아파트 205호에 돌아오니 현관문에 쪽지가 붙어 있었다.

〈COME TO 703!〉

703호는 히로네 집이다. 하지만 오른쪽으로 치켜 올라간 글씨는 꼼꼼한 히로의 글씨가 아니다. 혹시…….

마코토는 몸을 획 돌려 비상계단으로 갔다. 낡은 엘리베이터는 워낙 느려서 기다릴 수 없다. 단숨에 7층까지 뛰어 올라가 그 기세를 몰아 703호 문을 열었다.

"레아 언니?"

마코토가 부르자 안쪽 방에서 '마코링?' 하며 머리를 포니테일로 묶은 얼굴이 쏙 나타났다.

"꺄악! 정말 레아 언니네."

"보고 싶었어, 마코토!"

"돌아왔구나."

"응, 열흘 동안 집에서 지낼 거야."

"만세!"

마코토는 반년 만에 만난 레아를 꼭 껴안았다.

오노 씨네 큰딸. 고등학교 1학년인 레아는 어머니와 둘이 사는 마코토에게는 진짜 언니 같은 존재다. 요즘 마코토가 침울할 때가 많은 까닭은 작년 가을에 레아가 미국으로 유학을 떠났기 때문이기도 하다.

"마코토, 잘 왔어. 어머니는 오늘 야간 근무라면서? 고모쿠스시[13]하고 새우마요 먹고 가지 않을래?"

"어머, 아주머니가 직접 만든 요리다!"

그날 밤 오래간만에 오노 씨네 식탁에 함께 앉은 마코토는 히로가 동아리 활동에서 돌아오기를 기다리면서 레아에게 질문을 퍼부었다. 보스턴에 있는 고등학교는 어떤지, 외국인 친구는 어떤지. 묻고 싶은 게 산더미 같았다.

---

13) 가늘게 썬 채소와 표고버섯, 박고지, 연근 등을 초밥에 섞어 만든 음식.

"언니, 언니. 미국은 어때? 매일 스테이크 먹어?"

"처음엔 힘들었어. 영어가 전혀 통하지 않아 애를 먹었지. 그래도 요즘은 좀 익숙해졌어. 스테이크는 살짝 익힌 걸 레어라고 하잖아? 내 이름이 레아다 보니 덕분에 '날고기 레아'라는 별명이 붙었지."

"날고기 레아!"

"그렇지만 실제로는 햄버거만 먹어 살이 쪘어. 그래서 치어리딩을 시작했지."

"와아, 멋있어."

"넌 어때? 육상부는?"

"응. 그냥 그래. 1학년 에이스는 무리인 것 같아."

"그래?"

"그보다 2학기에도 히로가 반장이야."

"응, 너도 또 부반장이라면서? 히로 아내 역할에 이골이 났겠구나."

"아니야. 히로 아내 역할은 게이타로가 해."

"게이타로?"

"히로하고 사이가 워낙 좋아서 요즘은 의심스럽기도

해."

"꺄아악."

오래간만에 다시 만난 두 사람은 이상하리만치 흥분했다. 실컷 수다를 떤 마코토가 겨우 진정한 것은 7시 조금 지나 집에 돌아온 히로의 차분한 얼굴을 보았을 때였다.

배구부 연습으로 지쳤기 때문만은 아니고 히로는 집 안에서는 조용한 편이다. 아재 스타일이라고 해도 좋을 것이다. 만원 전철에 시달린 직장인 같은 표정으로 진지하게 신문을 읽기도 한다.

"저어, 마코토."

히로가 오늘은 어쩐 일인지 마코토에게 말을 걸었다.

"다키가와 리오는 무슨 부지?"

"리오? 동아리 활동 하지 않는데. 왜?"

"아니, 아까 보니까 운동장을 뛰고 있더라."

배구부 활동을 마치고 집으로 오는데 리오 혼자서 운동장을 뛰는 모습이 보였다고 한다.

"엥? 리오가 아직도 뛰고 있어?"

마코토는 귀를 의심했다. 육상부 연습이 시작되기 전

부터 배구부가 끝난 뒤까지. 대체 리오는 몇 시간을 계속 달린 걸까.

"그런데 리오는 왜 그렇게 뛰는 거지? 무슨 벌칙을 받는 건가?"

"나도 잘 모르겠는데 오래달리기 대회에서 아리스를 이기고 싶다면서."

"왜?"

"글쎄, 왜일까?"

다시 고개를 갸웃거리면서 마코토는 운동장을 달리는 고독한 그림자를 머릿속에 떠올렸다.

멈추면 죽어 버리는 회유어처럼 쉬지 않고 운동장을 크게 돌던 리오.

아리스와 한 약속이라니, 뭘까?

이튿날도, 그리고 그 이튿날도 리오는 방과 후 혼자 계속 연습했다. 도중에 비가 내려 다들 잠시 운동장을 비웠을 때도 리오는 멈추지 않고 달렸다. 마코토가 '갑자기 심하게 훈련하면 다리를 다쳐' 하며 충고해도 귀를 기울이지 않았다. 이쯤이면 열심히 한다기보다 뭔가 자포자기한 모습으로도 보였다.

2학기 기말고사가 1주일 뒤로 다가와 동아리 활동을 쉬는 기간에 들어서자 마코토는 속으로 안도했다.

운동장 사용이 금지되면 리오도 쉴 수밖에 없을 것이다.

그렇지만 그날 방과 후 히로, 신페이와 함께 셋이서 '1학년 A반 해산 파티'에 대해 의논하고 돌아가다가 마코토는 운동장에서 뜻하지 않은 모습을 보고 말았다.

처음 발견한 사람은 히로였다.

"무법자네."

"어?"

"리오잖아?"

가만히 보니 아무도 없는 운동장에 다름 아닌 리오가 있었다. 혼자서 묵묵히 운동장을 크게 돌고 있었다.

"리오도 참. 남의 눈은 신경도 쓰지 않는 것 같아. 남들이 어떻게 볼지, 남에게 어떻게 보여야 할지, 전혀 생각하지 않고……."

히로가 말을 맺기도 전에 마코토는 운동장으로 달려 나갔다. 리오의 모습이 여느 때와 달랐기 때문이다.

평소보다 몸이 무거워 보였고 어깨의 위치가 낮았다. 발놀림도 둔했고 이따금 멈춰서 호흡을 가다듬었다.

"리오, 괜찮니?"

달려온 마코토가 물었다.

"뭐가?"

리오가 억지로 속도를 올렸지만 열 걸음도 가지 못하고 다시 속도를 늦췄다.

"그만둬. 상태가 좋지 않아."

"별로. 가끔 눈앞이 어지러울 뿐이야."

"그거 빈혈 아니니?"

"대단한 거 아니니까 걱정하지 마."

"오늘은 그만해. 빈혈은 달릴수록 악화되니까."

"뛰지 않으면 빨라지지 않잖아."

"이건 네게 무리야. 한동안 연습을 쉬는 게 낫겠어."

"쉴 수 없어. 앞으로 3주도 남지 않았는데."

리오가 억지를 부리자 마코토는 그만 가슴속에 있던

말을 하고 말았다.

"1년 남았어도 아리스에겐 이길 수 없어."

허를 찔린 듯 리오가 걸음을 멈췄다. 그 바람에 휘청했지만 머리를 숙이고 두 손으로 무릎을 짚었다.

"맞아. 이길 수 없을지도 모르지. 그렇지만 그냥 지고 싶지는 않아."

"뭐?"

"내기를 했다니까, 아리스랑. 아리스를 지키기 위한 내기야. 그래서 그냥 물러날 수는 없어."

어깨로 숨을 쉬는 리오는 많이 지쳐 보였다. 지느러미를 다친 물고기처럼 애처로웠다. 그런데 그 목소리에서는 뜨거운 의지가 느껴졌다. 이길 수 없는 승부라는 것은 리오도 알고 있다고 깨달은 순간, 마코토는 아무 말도 할 수 없었다.

조용해진 운동장 하늘 위를 새가 울며 날았다. 땅 위에 드리운 두 사람의 그림자를 간지럼 태우듯 바람이 스치고 지나갔다. 말없이 우두커니 서 있던 마코토가 움직인 것은 리오의 체육복이 지저분한 것을 보고서였다.

어디서 넘어진 걸까? 무릎에 모래가 묻어 있었다. 얼른 허리를 구부려 손바닥으로 모래를 털었다.

순간 바람에 흘러내린 마코토의 머리카락에 리오가 코를 킁킁거렸다.

"어머, 히로 냄새."

마코토네 집에서 쓰는 샴푸와 히로네 집에서 쓰는 샴푸는 분명히 같은 냄새가 난다. 같은 샴푸를 쓰기 때문이다. 샴푸뿐만 아니라 두 집 사이에는 같은 생활용품이 많다. 마코토네 어머니와 레아 언니 어머니는 한때 생활용품이나 식품을 함께 구입했기 때문이다. 마코토는 전에 703호 냉장고를 열었다가 그 내용물이 자기 집 냉장고와 똑같다는 걸 발견하고 깜짝 놀랐던 일이 있다.

아마 두 집의 냄새가 가장 비슷했던 때는 마코토가 초등학교 3, 4학년 때였을 것이다. 아이들이 자라면서 2층과 7층의 거리는 조금씩 벌어졌다. 그래도 레아가 유학을 떠나기까지는 서로 오가며 하루 자고 오는 일도 있었다.

리오가 샴푸 냄새를 간파한 그날 밤도 205호 마코토의
방에는 레아가 있었다.

레아가 보스턴으로 돌아가기 전에 '오래간만에 그걸
보자'고 했다.

"꺄아, 역시 이다 고즈에는 멋져."

"위기 때 보여 주는 저 표정, 숨이 막혀. 걱정 말고 내
게 다 맡겨라, 라고 하는 거 같은 표정."

"난 포수가 되고 싶어."

"나는 야구공이 되고 싶어. 저 손에 꼭 잡히고 싶어."

고시엔 대회 결승전 녹화 DVD. 작년 여름 마코토와
레아는 이 시합을 몇 번 보았는지 헤아릴 수 없다. 다가
온 레아의 미국행을 잊으려는 듯 둘은 아이돌처럼 잘생
긴 투수 이다 고즈에 선수에게 열광했다.

38도를 오르내리는 뜨거운 여름날. 매일 공을 던지다
보니 건초염이 생겼다. 구원투수는 일사병으로 다운. 그
어떤 역풍에도 고즈에 선수는 결코 굽히지 않았다. 아무
리 위기에 몰려도 자기편에게는 항상 밝은 미소를 보였
고 상대 팀에게는 불같은 투지를 보여 주었다.

클라이맥스는 9회 말. 투 아웃에 주자 3루라는 절체절명의 위기. 마운드에 선 고즈에 선수는 상대 팀 4번 타자와 맞붙게 된다. 그 4번 타자를 잡으면 우승. 하지만 타자는 끈덕지게 계속 파울볼을 쳐 낸다. 고즈에도 무시무시한 끈기로 계속 온 힘을 다해 공을 던졌다. 그리고 마침내 타자가 1루 땅볼을 쳤다―. 그런데 수비수 실책으로 실점. 결국 승리를 내주는 실책이 되고 만다.

옛날 마코토와 레아 같으면 분명히 이 장면에서 울음을 터뜨렸을 것이다. 서로 부둥켜안고 엉엉 소리 내서 속이 후련해질 때까지 울어 댔다. 울기 위해 이 DVD를 본 적도 있었다.

그렇지만 오래간만에 다시 본 이날, 마코토의 눈에는 눈물이 나지 않았다. 스스로 생각하기에도 '어라?' 하는 생각이 들어 고개를 돌리니 레아도 눈물 없는 눈으로 화면을 보고 있었다.

아아, 반년이 지났구나. 고즈에가 시합에서 진 지 반년. 레아가 미국으로 간 지 반년. 시간은 계속 흘러간다.

마코토는 문득 조바심이 났다. 그때 레아가 중얼거렸

다.

"마코링, 나 약해지지 않을 테야."

"응?"

"난 노력할 거야. 반드시 UN 직원이 될 거야. 그러기 위해서 지금 노력 중이야. 그렇게 되기 위해서라면 어떻게든 버텨 낼 거야."

이미 고즈에 선수는 눈에 없는 레아 언니의 옆얼굴을 보고 마코토는 '그런가?' 하는 생각이 들었다. 먼 나라에서 레아는 지금 말로 표현할 수 없는 힘든 나날을 살아가고 있을 것이다. 언어 장벽. 피부색과 눈동자 색이 다른 동급생들. 도망쳐 돌아오고 싶을 때도 있을 거다.

"그래, 기운……."

레아의 어깨를 잡고 흔들며 '기운 내'라고 말을 하려다가 마코토는 말을 바꿨다.

"나도 기운 내야지."

이튿날, 교실에 들어서자마자 고노짱이 후다닥 달려왔다.

"마코토, 큰일 났어. 리오가 빈혈로 쓰러졌어."

"뭐?"

"지금 양호실에 있어. 아리스가 옆에서 돌보고 있고."

고노짱 말에 따르면 어제 방과 후 운동장을 쓰다가 선생님에게 들킨 리오는 '아침에는 괜찮겠지' 하는 생각에 오늘 아침 이른 시간에 학교에 와서 운동장을 뛰었다. 그러다 빈혈로 쓰러졌다고 한다.

"역시 빈혈이었구나."

3분 뒤에는 조례가 시작된다. 그때까지 학생들을 모두 자리에 앉게 하는 일은 반장과 부반장이 맡는다. 하지만 지금은 그럴 때가 아니다.

"고노짱, 잠깐 다녀올게."

말을 마치자마자 마코토는 후다닥 교실을 뛰어나갔다. 계단을 내려가 1층에 있는 양호실로 뛰어 들어갔다.

소독약 냄새가 코를 찌르는 방으로 들어가자마자 마코토는 힘이 쭉 빠졌다.

"아, 마코토 코치님이시네."

바로 앞 침대에 누운 리오가 느긋한 말투로 그렇게 말

하며 손을 살랑살랑 흔들었다.

입술이 파랗지만 의식은 또렷한 모양이다. 오히려 침대 옆에 걸터앉은 아리스가 더 환자 같은 표정이었다.

"그러기에 내가 뭐라고 했어!"

마코토가 한마디 하자 리오는 머리를 긁적였다. 아리스가 리오를 감싸듯 거의 울먹이는 소리로 말했다.

"마코토, 제발. 리오를 말려 줘. 이제 그만 뛰라고 해줘."

"말려도 계속 뛸 거야, 난. 꼭 지켜야만 할 것이 있어서."

"그러니까, 이제 내기는 됐다니까. 리오가 그렇게 애쓰지 않아도 내가 약속할게."

"그럼 내가 마음이 편치 않지."

저어, 하며 마코토가 끼어들었다.

"그 약속이란 게 뭐니? 리오가 뭘 지키려는 거야?"

그러자 아리스의 얼굴이 갑자기 빨개졌다.

수줍은 듯 대답을 한 쪽은 리오였다.

"아리스의 처녀성."

"뭐?"

"내가 지켜 주고 싶어. 아리스를 처녀로."

"……."

힘껏 던진 야구공을 지구 반대편에서 누군가 방망이로 쳐 낸 것 같은, 상상도 못했던 대답에 할 말을 잃은 마코토에게 리오는 떨떠름한 목소리로 설명했다.

"지난번 발렌타인데이 때 아리스에게 남자 친구가 생겼어. 초콜릿을 줬더니 바로 사귀자고 했대. 그런데 그 자식이 촐랑이라고 할까, 한심한 놈이야. 그래서 난 찬성하지 않았고."

"잠깐."

마코토는 어떻게든 말을 이어 가려고 했다.

"그래서, 아리스가 좋아하는 게 신페이였잖아."

"아니야. 신페이네 우동 가게에서 아르바이트하는 다치바나란 고등학생이야. 분명히 처음엔 신페이를 보려고 그 우동 가게에 드나든 모양인데 차츰 다치바나라는 고등학생을 좋아하게 되었대."

다치바나라는 이름이 아주 밉다는 듯 발음하는 리오에

게 아리스가 시무룩한 목소리로 말했다.

"다치바나 오빠는 네가 생각하는 것처럼 나쁜 사람이 아니야."

"그렇지만 바람둥이 같아. 성질도 급할 것 같고. 아리스는 남자를 전혀 모르잖아. 순식간에 넘어갈 것 같아서……, 그래서 아리스에게 약속을 받아 내려는 거지. 오래달리기에서 내가 이기면 1년간은 절대로 다치바나의 수법에 넘어가지 않겠다고."

"그게…… 약속이야?"

"그래. 1년 동안 다치바나가 아리스를 소중하게 대해 주면 나도 그 자식을 인정하지. 아리스와 교제를 허락할 거야."

"리오, 그런 꼰대 아재 같은……."

어처구니없다는 표정을 짓는 마코토에게 리오가 침울한 표정으로 대꾸했다.

"됐어. 네가 이해해 주지 않아도. 어차피 넌 누구하고나 사이좋게 지내고 지금도 늘 친구가 많을 테니까."

이해가 안 된다. 왜 내 이야기가 나오는지도 모르겠다.

리오의 머릿속을 도무지 알 수 없었다.

친구의 처녀성을 지키기 위한 내기. 빈혈로 쓰러질 지경까지 계속된 노력. 그러는 마음은 부처님도 알 수 없을 거라고 생각하면서도 왠지 갑자기 웃긴다는 생각이 치밀어 마코토는 킥킥 웃었다.

리오, 진짜 멍청이구나. 그렇지만 대단해. 아니, 위대해. 아리스는 행복하겠다. 이런 생각이 머릿속에서 맴돌았다.

"뭐가 우스워?"

눈을 흘기는 리오에게 마코토는 바로 대꾸했다.

"리오, 선수 교대."

"뭐?"

"그런 컨디션으로는 오래달리기 이길 수 없을 거야. 그래서 내가 코치로서 명령한다. 오래달리기 대회에서는 내가 너 대신 아리스를 이길 거야. 아리스의 처녀성을 지키겠어."

리오의 눈이, 아리스의 눈이 휘둥그레져 마코토를 뚫어지게 보았다.

마코토는 자기가 한 선언에 스스로도 당황하면서 오래 간만에 기분 좋은 흥분을 느꼈다.

도전하고 싶다. 싸우고 싶다. 리오처럼, 레아 언니처럼, 나도 무엇엔가 부딪히고 싶다.

비록 패배가 빤히 보이는 승부일지라도.

그야 난 아직 중학교 1학년이고 앞날은 창창하니까.

23.
이타루가 도착하다[14]

이타루

요즘 이타루는 늘 졸리다. 자고 또 자도 졸음이 쏟아진다. 깨어 있어도 졸리고 자고 있어도 졸리다. 자면서도 졸리다니, 이게 대체 어떻게 된 일일까? 정말로 꿈속에서도 졸리다.

"잘 먹었습니다."

그날 밤은 여느 때 같으면 더 달라고 할 밥을 한 그릇으로 끝낸 건 몰려드는 졸음 때문이었다.

14) '이타루'라는 이름과 '(어느 곳에) 다다르다, 도착하다'는 뜻을 지닌 일본말 '이타루'는 같은 발음이다.

"어머, 이타루짱. 벌써 다 먹은 거니?"

"몸이 어디 좋지 않은 거니? 속이 안 좋아?"

"반찬이 부족하면 이 할미 것 줄게."

엄마, 누나, 할머니. 거실 좌탁을 둘러싼 세 명이 일제히 놀란 표정을 지었다.

"됐어. 그보다 내일 오래달리기 대회니까 30분쯤 일찍 깨워 줘."

이타루가 말하자 세 여자는 완전히 눈빛이 바뀌었다.

"어머머, 이타루. 너 오래달리기 대회에 나가는 거야? 초등학교 때는 한 번도 나가지 않더니."

"끝까지 제대로 뛸 수 있겠어? 체육 시간도 자주 빼먹었잖아?"

"무리하지 말거라. 사람에겐 맞는 일과 맞지 않는 일이 있어. 세상을 뜬 네 할아버지도 운동은 젬병이었단다."

어휴, 귀찮아. 이타루는 혀를 쯧쯧 차고 대답도 하지 않은 채 자기 방으로 돌아갔다.

아버지가 일 때문에 안 계신 집에서 이타루는 매일 세 여자에 둘러싸여 지낸다. 마치 어머니가 세 명인 것처럼 다들 이타루를 보살펴 주려고 애를 쓴다.

얼마 전까지만 해도 이타루는 그런 환경이 만족스러웠다. 방을 어질러도 누가 치워 주었다. 카드놀이를 하다가 속임수를 써도 너그럽게 봐주었다. 거짓말을 해도 속아 주었다. 기분 좋은 이타루의 제국.

귀찮다고 느낀 것은 비교적 최근 일이다. 스스로도 귀찮다고 느끼고 당황했다.

왜일까?

귀찮은 녀석들은 집 안이 아니라 늘 밖에 있다고 생각했는데. 이렇게 해라, 저렇게 해라, 그건 안 된다, 이것도 안 된다. 집 안에서는 아무도 그런 소리를 하지 않았다. 그런데 이따금 괜히 도망치고 싶다.

복은 안으로, 액운은 밖으로[15]. 하지만 세상이 그렇게 단순하지만은 않다는 사실을 깨달았다. 어쨌든 이타루는 졸렸다.

그래도 매일 잠자리에 들기 전에 하는 일과만은 빼먹

15) 입춘 전날 밤에 콩을 뿌리면서 외는 액막이용 주문.

지 않았다.

그날 밤도 누나가 깔아 준 이부자리에 들어가기 전에 이타루는 졸린 눈을 비비면서도 책꽂이에서 '복수 노트'를 꺼냈다.

'복습' 노트가 아니라 '복수' 노트다.

같은 반 남자 녀석들에게 괴롭힘을 당했던 초등학교 2학년 때부터 이타루는 화가 날 때마다 그걸 공책에 적었다. 이 노트에는 마력이 있다. 이름이 오른 인간은 모조리 저주받아 마왕의 처벌을 받을 운명이다. 속으로 그렇게 중얼거리며 적었다.

예를 들면 지난 12월 9일에는 이렇게 적혀 있다.

노무상에게 당했다. 벌레가 사람이 저지른 나쁜 짓을 고자질한다니! 천제가 뭐야! 어린애 같은 소리다. 그런 소리를 잠깐이라도 믿어서 분하다. 노무상, 이 자식! 마왕의 저주를 받아라!

물론 매일 그렇게 화가 나는 일이 있는 것은 아니지만

특별히 복수를 다짐할 일이 없는 날도 이타루는 공책을 다시 읽으며 복수심을 일깨웠다.

최근 20일 동안 계속 펼쳐 보는 것은 최근에 적은 페이지였다.

양호 선생 때문에 화가 난다. 양호실 침대에서 기분 좋게 자고 있는데 날 보더니 쫓아냈다. 꾀병이면 아주 쌀쌀맞게 대하는 아줌마. 학교에서 사라져라!

사라져라! 이타루는 다시 읽을 때마다 분노를 일깨웠다. 그리고 휴우, 한숨을 내쉬었다.

한숨. 이타루가 한숨을 내쉬는 일은 드물지만 나오는 것은 어쩔 수 없다.

사실 이 양호실 이야기는 공책에 적지 않은 속편이 있다. 양호실 사건의 충격적인 이면. 최근 20일 동안 그게 이타루를 안절부절못하게 만들었다.

그날 아침, 이타루는 양호실 창가에 있는 침대에 허락도 없이 누워 있었다. 그런데 칸막이용 커튼을 확 젖히면서 양호 선생님이 '나가!'라고 호통을 쳤다. 젖혀진 커튼 너머에는 침대가 하나 더 있는데 거기 리오가 누워 있었다.

얼른 시선을 피했지만 이미 늦었다.

리오는 화들짝 놀란 표정을 지으며 벌떡 일어나 소리쳤다.

"야, 너 들었지?"

"응? 뭘?"

시치미를 떼어 보았지만 사실은 무슨 소리인지 안다. 조금 전까지 거기 있던 아리스와 마코토, 그리고 리오의 '그 이야기'를 하는 게 빤하다.

"우리 이야기 들은 거지?"

"아냐. 자고 있었어."

이타루는 계속 거짓말을 하고 양호 선생님의 잔소리를 흘려들으며 얼른 침대에서 빠져나왔다. 그리고 양호실에서 복도로 한 걸음 나오자마자 얼굴에서 긴장한 표정을 지워 냈다.

히히. 그만 입을 실룩거리며 웃었다. 1교시 수학을 빼먹었지만 이타루의 걸음걸이는 가벼웠다.

　그랬다. 이 시점에서 이타루는 아직 질투 같은 것은 느끼지 못했다. 오히려 마음이 들떠 있었다. 어쨌든 엄청난 비밀을 알게 되었으니까.

　설마, 설마. 올해 오래달리기 대회에 하마쿠라 아리스의 처녀성이 걸려 있다니!

　"야, 내 말 들어 봐. 여자애들 대단해."

　얼른 노무상과 리쿠에게 알려 주었지만 두 사람 반응은 뜨뜻미지근했다. 노무상은 '으흐흐' 하며 슬쩍 웃는 표정을 지었을 뿐이고 리쿠는 처녀성이라는 말이 무얼 뜻하는지도 모르는 듯했다.

　쳇. 재미없는 오타쿠 놈들.

　달리 친구가 없던 이타루는 어쩔 수 없이 그 이야기를 혼자 속으로 중얼거리면서 '우와, 대박' 하며 히죽히죽 웃었다.

　히죽거릴 때가 아니라는 사실을 문득 깨달은 것은 오전 수업이 끝나고 급식으로 나온 고기만두를 한 입 베어 물었을 때였다.

'처녀성'이라는 한마디에 정신이 멍했던 이타루는 그제야 세 사람이 나눈 대화를 냉정하게 되짚어 보았던 것이다.

이번 오래달리기 대회에서 마코토가 아리스에게 이기면 아리스는 처녀성을 지킬 수 있다. 그 이야기는 마코토가 질 경우 아리스는……

그 순간 이타루는 느닷없이 질투심이 끓어올랐다.

1학년 여학생 가운데 가장 예쁜 아리스.

한 번도 이타루의 책상에서 냄새가 난다는 소리를 하지 않은 아리스.

이타루가 학원 친구에게 '내 여자 친구'라고 해 놓은 아리스.

"안 돼!"

얼마나 심각한 상황인지 겨우 파악한 이때 이타루는 당연히 참가하지 않을 작정이었던 오래달리기 대회에 나가기로 마음을 굳혔다.

"이타루짱, 일어나."

엄마 목소리에 번쩍 눈을 뜬다. 여느 때보다 30분 일찍 집을 나선다.

오래달리기 대회는 아침 일찍 1, 2교시 시간에 한다. 여유 있게 학교에 가면 그만큼 마음의 준비를 할 수 있다.

교실로 순간 이동을 한 이타루를 보더니 1학년 A반 학생들은 술렁거린다.

"와, 이타루가 체육복을 입다니."

"오래달리기 할 거냐?"

"이런, 비가 오겠어."

"눈이 오겠지"

"아이고, 하느님. 시커먼 눈이 내리겠네!"

허풍스럽게 떠들어 대는 녀석들은 오늘 경주에 걸린 운명을 모른다.

흥! 어리석은 것들! 한창 우월감에 젖어 있는 장면에서 다시 뿅 뛰어 오래달리기 대회 출발 지점 장면으로.

이타루는 노렸던 좋은 자리를 차지한다. 아리스가 있는 위치에서 비스듬하게 앞. 아리스는 달리기가 빠르기 때문에 이타루에게 기회는 출발 직후다. 딱 한 번의 찬스. 실패해서는 안 된다.

"자, 위치로. 준비……."

탕! 출발을 알리는 총성이 울려 퍼진다.

아리스는 상급생들 못지않게 치고 나간다.

바로 그때 그 다리에 이타루가 슬쩍 발을 끼워 넣는다.

"꺄악."

성공. 걸렸다. 이타루의 다리에 걸린 아리스가 넘어져 땅바닥에 넘어진다―. 털썩.

미안. 그렇지만 네 처녀성을 지키기 위해서야!

마음속으로 외치면서 이타루는 마코토에게 소리친다.

"어서 가! 지금이 찬스야!"

하지만 마코토는 빙글 돌아서서 이타루 쪽으로 달려온다. 그 뒤로 리오도, 고노쨩도 달려온다. 1학년 A반 여자아이들 모두가 이타루를 둘러싼다.

"너이자스무카느지스야!"

"바르기르마라으떠해!"

"이그거냐칵지기뿌라."

다들 저마다 뭐라고 소리친다. 화가 난 건 안다. 하지만 뇌가 그 말들을 받아들이지 못한다. 이런 상황에서도 이타루는 너무 졸리다. 졸음이 온다. 견딜 수 없이 졸리다. 안 돼. 이젠 도저히 눈을 뜰 수가 없어…….

의식을 잃으려는 순간 오히려 잠이 달아났다.

"으악!"

이부자리에서 튀어나와 '아, 꿈인가?' 하며 안도했다. 그리고 '그런데 꿈속에서도 졸려'라고 혼잣말을 했다.

엄청 무섭기는 했지만 오늘 앞으로 실행에 옮길 '아리스 발 걸기 대작전'을 꿈속에서나마 예행연습을 할 수 있어 다행이었다.

교훈 1. 들키지 않게 발을 걸어야 한다.

교훈 2. 발을 건 뒤에 바로 도망쳐야 한다.

좋았어. 혼자 만족스러워 싱글벙글하는 이타루는 머리맡에 놓인 시계를 본 순간 표정이 싹 바뀌었다.

8시 20분. 여느 때보다 일찍 일어나야 하는데 이미 조례가 시작되었을 시간이다.

"할머니, 일찍 깨우라고 했잖아!"

거실에서 차를 마시던 어머니와 할머니에게 소리를 지르며 따졌다.

"깨웠어. 그런데 네가 도무지 일어나지를 않으니."

"맞아. 두 번이나 깨웠어. 안 그러냐?"

두 사람은 어린애라도 어르는 듯한 표정으로 웃었다.

"그러면 세 번 깨워야지. 네 번, 다섯 번 깨워야지. 나 어떡해. 여유 있게 학교에 가려고 했는데. 서둘지 않으면 늦겠네. 내 계획이 물거품이 되었어. 난 몰라. 오래달리기 대회엔 나갈 수가 없겠네. 그냥 집에서 잠이나 자야지."

한바탕 화내고, 울고, 아우성친 뒤에 이타루는 에라 모르겠다 하는 심정으로 자기 방으로 돌아가 다시 누웠다.

이제 그만이다. 오늘은 하루 종일 자고, 자고, 또 자자. 그렇게 마음먹고 이불 속으로 파고들어 갔는데 어쩐 일인지 이럴 때는 또 잠이 오지 않는다. 오히려 정신이 말짱하다. 가슴은 싱숭생숭. 시계 초침 소리가 신경이 쓰여 견딜 수 없었다.

이타루가 참가하건 말건 오래달리기 대회에는 아무런 문제도 없다는 걸 안다. 이타루가 없다고 해도 누가 신경 쓰지 않는다. 골칫덩이 이타루가 오래달리기를 빼먹는다. 너무 당연한 일이다. 누구도 '이타루는?' 하며 궁금해하지 않는다. 1학년 A반은 스물세 명이 달려 스물세 명이 골인할 것이다. 스물세 명이 하이파이브를 하고 스물세 명이서 서로를 칭찬할 것이다. 오래전부터 내내 스물세 명이었다는 듯이.

나는 거기 없는데.

나는 여기 있는데. 이곳에.

—남겨져 있는데.

갑자기 공포 비슷한 초조감에 휩싸여 심장이 쿵쾅쿵쾅 뛰기 시작했다. 피가 거꾸로 솟는 듯했다. 온몸에 소름이 돋는 듯한 기분, 큰 소리로 '으악' 하고 소리치고 싶은 기분. 일찍이 맛보지 못한 느낌에 휩싸여 이타루는 실제로 '으악' 하고 소리쳤다.

"엄마, 할머니, 아무래도 학교에 가야겠어. 교복 줘!"

"엇, 이타루가 체육복을 입었네!"

"진짜 뛸 작정이냐?"

"웃기네. 비가 오겠는걸."

"눈이겠지."

"아멘, 빨간 눈이 내릴 거야!"

출발 5분 전에 간신히 운동장에 나온 이타루에게 1학년 A반 애들은 기분 나쁠 만큼 꿈속에서와 똑같은 반응을 보였다.

흥, 어리석은 것들! 앙갚음으로 이타루는 꿈에서와 똑같은 욕을 해주었다.

컨디션이 너무 좋지 않다. 아침 식사를 걸렀고 급히 달려왔기 때문에 벌써 다리가 나른했다. 하지만 어떻게든 대회에 늦지 않게 도착했다. 이렇게 된 이상 '아리스 발걸기 대작전'을 무사히 성공시키는 일만 남았다.

'이타루!' 하며 손을 흔드는 노무상에게 혀를 낼름 내밀어 주고 이타루는 두리번거리며 아리스를 찾았다.

발견했다. 5미터쯤 앞쪽에 리오와 서 있었다. 긴장한 표정으로 출발을 기다리면서 정성스럽게 발목을 풀고 있었다.

이타루는 학생들 사이를 헤치고 나아가 아리스보다 비

스듬히 앞쪽에 자리 잡았다. 발을 걸고 바로 도망친다. 발을 걸고 바로 도망친다. 이미지 트레이닝을 반복하다 보니 술렁거리던 주위가 조금 조용해졌다. '준비' 하는 체육 선생님의 목소리. 조각난 엷은 구름이 깔린 하늘 아래 전 학년 남녀 학생이 일제히 '준비' 자세를 갖추었다.

탕! 출발을 알리는 총소리와 함께 수많은 학생이 뛰어나갔다.

이타루도 얼른 뛰기 시작했다. 아리스 쪽으로.

바로 그 순간이었다. 이타루의 머릿속에 문득 땅바닥을 구르는 아리스의 모습이 스쳐 지나갔다. 이미지 트레이닝에는 없었던 영상이다. 꿈에서 본 광경도 아니다. 더 심하고 아플 것 같고 더 리얼한— 그렇다, 그건 이타루가 직접 본 적이 있는 현실 세계의 아리스였다.

자연 체험 합숙 첫날, 버스 승강구에서 굴러떨어진 아리스. 이타루는 그때 큰 소리로 웃었다. 재미있었기 때문이다. 여행이라 마음이 들떴기 때문이다. 아리스가 무릎에서 피를 흘리는 줄은 몰랐다.

설마 상처가 났을 줄이야. 그 쓰라린 경험이 되살아나

아리스에게 발을 들이밀려던 이타루는 망설였다.

또 넘어져? 또 피가 나? 상처가 나? 어떡하지? 그렇지만 처녀성이.

고민 끝에 걸음을 멈췄다. 갑자기 멈춘 이타루의 몸에 뒤에서 달려온 누군가가 세게 부딪혔다.

"으악."

작은 비명과 함께 불길한 소리가 났다. 털썩.

돌아보니 피어오르는 모래 먼지 속에 어떤 여자애가 넘어져 있었다.

"괘, 괜찮니?"

얼른 몸을 구부린 이타루는 쓰러진 사람이 마코토라는 사실을 깨달은 순간 진심으로 생각했다. 제발 이게 꿈이기를.

안타깝게도 틀림없는 실제 상황이었다. 10분 뒤, 이타루는 마코토와 나란히 꽁무니에서 뛰고 있었다.

"발 아파?"

"괜찮아."

"미안해."

"됐어. 내가 부딪힌 거니까."

오래달리기 대회 코스는 기타미제2중 앞을 흐르는 강가에 있는 산책로다. 강 상류를 향해 달려 다리를 건너서 U턴해 건너편 산책로를 따라 돌아온다. 모두 합쳐 6킬로미터 코스.

마코토는 교문을 나서자마자 오른발을 절룩거렸다. 넘어졌을 때 다쳤을 것이다. 하지만 그 상태로도 끝까지 뛸 작정인 모양이다.

내 탓이라는 죄의식 때문에 이타루도 마코토의 속도에 맞추어 나란히 달리기로— 한 척했지만 사실은 그게 이타루의 전속력이었다.

자기보다 키가 훨씬 크고 다리도 긴 마코토. 그 페이스를 따라가는 것만도 이타루에게는 버거운 일이었다. 점점 호흡이 가빠져 체육복이 땀에 젖었다. 2킬로미터를 지나 마코토가 걷기 시작했을 때는 가슴을 쓸어내렸다.

"야, 마코토! 무리하지 마."

"이타루, 꾸물꾸물 걷지 말고 뛰어!"

이미 반환점을 지나 건너편 산책로를 돌아오는 클래스 메이트들은 다들 비슷한 소리를 했다.

"이타루, 난 괜찮으니까 넌 뛰어."

"그럴 수야 없지."

"정말 신경 쓰지 말라니까. 난 꼴찌를 해도 괜찮으니까."

"아니야, 인간으로서 그렇게는⋯⋯."

지쳤다. 다리가 아프다. 이제 한 걸음도 달릴 수 없다. 속마음을 숨기고 거짓말하는 이타루에게 코끝이 빨개진 마코토가 말했다.

"뭐랄까, 이번에는 차라리 꼴찌를 하고 싶은 생각도 들어. 그게 오히려 속이 후련하지 않을까?"

"꼴찌가 되고 싶어?"

"응. 끝에서 1등! 어중간한 2등보다 낫지 않아? 다시 제로부터 새로운 출발을 하는 것 같잖아."

"잘 모르겠어⋯⋯, 어차피 이젠 아리스에게 이길 수 없으니 포기하는 거야? 내기는 포기한 거니⋯⋯? 아, 이런."

실수다. 자기 입을 틀어막았지만 이미 늦었다.

"역시 이타루, 너 들었구나."

"아, 아니, 그게……."

"그날 옆에 있는 침대에서 우리 내기 이야기를 들은 거지?"

"으……응."

결국 솔직하게 고개를 끄덕이고 만 이타루에게 마코토는 '아아' 하며 쓴웃음을 지었다.

"들었구나, 내가 한심하네."

"뭐?"

"내 선수 교대 선언. 자진해서 뛰어들어 놓고 이 꼴이라니. 꼴불견이지."

자조적으로 웃더니 마코토는 옅푸른 하늘을 우러렀다.

"그렇지만 사실대로 말하자면 오히려 다행이라는 생각이 들어."

"다행이라고?"

"난 그 뒤로 후회했어. 그런 선언을 하면 아리스가 자기 실력대로 달리기 힘들어질 거잖아. 봐주는 아리스에게 이겨 봐야 아무 의미 없지."

"그런가?"

"응. 그리고 나는 오늘 결과가 어떻게 나오더라도 아
리스는 괜찮을 거라고 생각해. 리오가 저토록 아리스를
소중하게 여기는걸. 아리스도 자기 스스로를 소중하게
여길 거야."

"그런가?"

부반장이 하는 말이니 옳은 소리일 것이다.

이 경주에서 마코토가 지더라도 아리스는 처녀성을 지
킬 수 있다.

아리스는 아리스 그대로 남을 수 있다.

지금과 다름없는 아리스로.

나를 두고 가지 않고.

좋았어! 끈질지게 따라다니던 '질투'에서 해방되어 이
타루는 주먹을 불끈 쥐어 보였다. 순간 주위 풍경이 갑자
기 달라 보였다. 마치 겨울을 한 꺼풀 벗겨 낸 듯 이타루
를 둘러싼 세계에서 느닷없이 봄 내음이 풍겼다.

초목이 무성한 산책로의 둑.

공장 굴뚝을 스쳐 지나는 구름.

강에서 노니는 새들의 지저귐.

강가를 따라 쭉 늘어선 벚꽃 가로수는 장소에 따라 꽃봉오리 크기가 다르다. 봉긋하게 분홍색을 띤 꽃봉오리나 아직 덜 여문 흰 꽃봉오리. 그 가운데는 이미 꽃잎을 매단 나뭇가지도 있다.

꽃을 피운 나무는 모두 양지에 있는 벚나무들이다. 햇볕을 듬뿍 받아 자랑스러운 듯 꽃을 피워 내고 있다. 그에 비해 음지는 꽃봉오리가 아직 어리다.

눈부신 봄날을 머릿속에 그리던 이타루에게 그때 마코토가 물었다.

"2학년이 돼도 급식 남긴 걸 책상 서랍에 넣어 둘 거니?"

"글쎄. 그때 가 봐야 알지."

이타루가 잔뜩 거드름을 부리며 대답한 것은 차원 낮은 질문을 받는 자신이 창피해서였다.

"구보 유카가 툭하면 내게 화를 냈어. 부반장이 제대로 못해서 그런 거라고 나를 야단치더라. 그렇지만 난 네

서랍에 대해 뭐라고 하지 않았지."

"응."

"나도 옛날에…… 아주 어렸을 때지만 침대 위에 이것 저것 늘어놓다가 엄마에게 야단맞았거든."

"침대에?"

"응. 우리 엄마는 병원에서 일하거든. 밤샘 근무가 있어서 아침에 집에 없을 때가 자주 있어. 우리는 아빠가 없으니까 아무도 없는 아침에 혼자 잠에서 깨는 게 옛날부터 너무 싫었거든. 그래도 과자나 주스, 봉제 인형, 그림책 같은 걸 여러 가지 머리맡에 두고 자면 왠지 마음이 놓였어. 아침에 눈을 뜨기 좀 괜찮아져."

이타루와 마코토 사이를 회오리바람이 쓸고 지나가자 마코토가 푸르르 몸을 떨었다.

"그렇겠구나."

사실 이타루는 마코토가 하는 이야기가 잘 이해되지 않았다. 과자? 주스? 왜 갑자기 그런 말을 하는 걸까?

그렇지만 듣고 있어도 졸리지 않고 시끄럽다는 생각도 들지 않았다.

"맞아, 그렇겠어."

이타루가 모호하게 웃는 것을 끝으로 대화는 끊어졌다. 나머지 길은 그저 훅훅 흰 입김을 토해 내면서 걷기만 했다. 통증이 심해졌는지 마코토는 가끔 얼굴을 찡그리며 멈춰 섰다. 그때마다 '그만둘까?' 하고 이타루는 기대에 부풀어 물었지만 마코토가 고개를 젓는 바람에 실망했다.

6킬로미터는 길다. 반환점을 지나며 아직도 반이나 남았다는 생각을 하니 이타루는 울고 싶었다. 실제로 눈물이 찔끔 났다.

지쳤다. 다리가 아프다. 배도 고프다. 지쳤다. 다리가 아프다. 배도 고프다. 속으로 이렇게 투덜거렸다. 그렇지만 이타루는 끈기 부족한 이타루답지 않게 계속 걸었다. 걷기를 그만두면 마코토 옆에 있을 수 없기 때문이었다.

같은 반 여학생과 나란히 걷기는 처음이었다. 그런데 그 '처음'이 이타루에겐 참으로 기분 좋았다.

파릇파릇 돋아나는 봄 속을 여자애와 함께 걷고 있다, 나는.

이것만은 꿈이 아니면 좋겠다.

꿈이라면 깨지 않으면 좋겠다.

제발 졸리지 않기를.

지쳤기 때문인지 아파서인지, 배가 고파서인지 여자 애한테서 나는 향기 때문인지 졸리지는 않는데 머릿속이 몽롱해지기 시작하고 자꾸만 시야가 뿌옇게 흐려졌다. 영원히 끝나지 않을 기나긴 길을 걷고 또 걸었다. 때로 멈추었다가 다시 걸었다. 이윽고 시야에 교문 같은 물체가 들어왔다. 그 문 앞에 낯익은 얼굴들이 보였다―.

"부반장, 힘내! 이제 다 왔어!"

"이거 리얼이냐? 이타루가 6킬로미터를 걷다니."

"힘내, 마코토!"

"기적이다. 이타루가 골에 도착하다니."

"마코토, 사랑해! 파이팅!"

"야, 피해. 이타루가 저러는 걸 보면 하늘에서 눈사람이 떨어질지도 몰라."

아아, 어리석은 것들이 소란을 떨고 있다. 당장이라도 정신을 잃을 것 같은 상태에서 클래스메이트들의 목소리

를 들으며 이타루는 한 걸음, 또 한 걸음 그 밝은 빛들을
향해 다가갔다.

24.
그 길의 끝

히로

1년을 마감하는 의식인데도 종업식은 왠지 산뜻하지 않다. 바로 6일 전, 같은 체육관에서 눈물의 졸업식을 치렀다. 다른 고등학교로 떠나는 3학년 선배들의 슬픔이 아직도 체육관 마루 바닥 틈새에 스며들어 있다. 그 성대한 이별에 비하면 1학년과 2학년만 모여서 하는 종업식은 그냥 덤으로 치르는 기분이 들었다. 선생님이나 학생이나 왠지 '대충대충'이란 느낌이라 기분이 나지 않는다.

교장 선생님 말씀이 길어질수록 1학년 A반 아이들은 점점 줄이 흐트러져 반장인 히로는 속이 탔다.

워낙 집중력이 떨어지는 클래스메이트들. 잡담하고 서로 장난을 치며 킥킥 웃는다. 삐뚤삐뚤한 줄 옆에서 1학년 B반 스물다섯 명은 곧은 자세로 앞을 보고 있었다. 그야말로 일사불란한 정렬.

A반은 기어코 마지막까지 B반과 차이가 났다.

그래도 히로는 지금 자기가 B반이 아니라 A반의 구성원 가운데 한 명이라는 사실에 만족했다.

오늘을 마지막으로 반은 해산한다. 설사 절반인 12명은 2학년 때도 같은 반이 될지라도 이 24명이 함께 줄을 설 일은 이제 없을 것이다. 평생 없을 것이다. 그렇게 생각하니 보기 싫게 꾸불꾸불한 줄도 귀엽게 느껴졌다.

이러면 안 돼. 히로는 자꾸 감상에 빠지는 스스로를 타일렀다.

차분해야 한다. 내겐 아직 반장으로서 해야 할 마지막 일이 남아 있다.

그렇다. 종업식은 그냥 학교 행사 가운데 하나다. 오늘 진짜 중요한 이벤트는 클래스메이트들과 뜻을 모아 차근차근 준비해 온 1학년 A반만의 작별 의식이다.

"그럼 시작할까? 우리 1학년 A반 해산 파티! 기쁘건 슬프건 오늘로 마지막인 1학년 A반이야. 통지표는 잠시 잊고 화끈하게 기분을 내자!"

책상을 교실 뒤로 옮기고 반원 모양으로 의자를 늘어놓은 다음 자리에 앉은 클래스메이트들 앞에서 사회를 맡은 신페이가 힘차게 주먹을 치켜들었다.

"가즈아!"

벌써 흥이 오른 아이들은 함께 주먹을 치켜들었고 얌전한 아이들은 짝짝 박수를 쳤다. 누구보다 즐거운 듯 박수를 치는 사람은 반원형 한가운데 있는 후지타 선생님이었다.

오전 11시 반. 가끔 바람에 삐걱거리는 교실 창문으로 무대를 비추는 스포트라이트처럼 라임색 햇빛이 쏟아져 들어왔다.

"그럼 바로 팀별로 공연을 시작할 건데 다들 배가 고플 테니까 뒤에 있는 과자와 주스는 마음껏 먹어도 돼. 다만 공연에 방해가 되지 않도록."

신페이의 말이 끝나자마자 타보가 뒤편 책상에 놓여

있던 과자를 향해 쏜살같이 달려갔다. 그리고 바로 소타와 신야, 하세칸이 그 뒤를 따랐다. 셋이 서로 겨드랑이에 팔을 끼워 넣어 방해했다.

"야, 야. 거기 소년 메타보! 아무리 그래도 너무 심하잖아. 다이어트한다면서."

신페이가 소리치자 다들 폭소를 터뜨렸다.

역시 신페이에게 사회를 맡기기를 잘했다. 제일 가장자리에 있는 의자에 앉아 다른 아이들의 웃는 얼굴을 보면서 히로는 새삼 그런 생각을 했다. 이런 행사에는 신페이를 당해 낼 사람이 없다.

애당초 이 파티 자체가 앞장서서 계획을 짜고 학교의 허락을 받아 회비로 클래스메이트 모두에게 오백 엔씩 거둔 신페이의 활약이 없었다면 이루어질 수 없었다.

"짠짜라잔! 그러면 바로 시작해 볼까…… 하니 우리가 먼저인가? 소타, 하세칸, 이리 나와!"

팀별로 공연하기로 결정한 것도 신페이였고 1번 타자를 맡기로 한 것도 신페이였다.

"우리가 보여 줄 내용은 짧은 콩트야. 완전 배꼽 빠지게 해 주겠어!"

그 호언장담대로 세 사람의 콩트에 교실은 완전 뒤집어졌다.

신페이가 맡은 요네야마 선생님 역할과 하세칸이 연기한 쓰쓰미 선생님이 소타가 맡은 후지타 선생님의 마음을 얻으려고 싸운다는 설정. 신페이가 다리에 매직으로 그린 정강이 털을 보여 줄 때마다 반 아이들은 배꼽을 잡았다. 마지막은 두 선생님 모두 수영부 가입 권유를 받는 장면. 이런 내용으로 크게 박수를 받았고 후지타 선생님도 함께 배를 잡고 웃었다.

두 번째는 노무상과 리쿠, 이타루로 이루어진 3인조였다. 공연 내용은 콩트에서 분위기를 확 바꾸어 진지한 '역사와 곤충에 관한 퀴즈'였다.

"경신탑에 주로 새겨진 것은 원숭이 세 마리, 관세음보살. 청면금강 가운데 무엇일까요?"

"도쿄 오우메 시에 있는 특별한 경신탑은 어떤 모양일까요?"

"사마귀의 알에서는 한 번에 몇 마리쯤 되는 새끼가

부화할까요?"

"장수풍뎅이는 어떤 포즈로 쉬를 할까요?"

너무 어려운 문제라 다들 움츠러들어 누구도 제대로 대답하지 못하는 바람에 교실 안이 이상한 침묵에 휩싸였다. 그런데 노무상, 리쿠, 이타루는 그걸 '이겼다'고 여겼는지 외려 자랑스럽다는 듯 그들 차례를 마쳤다. 이타루가 도움이 된 것은 장수풍뎅이 흉내를 내며 쉬하는 포즈를 보여 준 3초 동안뿐이었다.

가라앉은 분위기에서 시작된 불운의 3번 타자는 구보 유카, 다마치 가호, 네기시 히나코로 이루어진 여학생 트리오였다. '마술' 공연이었는데 트럼프를 이용한 평범한 것이라 '어머, 신기해', '어맛, 깜짝이야' 하고 히나코가 바람을 잡았을 뿐 관객은 시큰둥한 반응이라 잠잠한 상태에서 막을 내렸다.

솔직하게 이야기하면, 히로는 마음이 놓였다. 다음 차례는 히로와 게이타로인데 둘이 보여 줄 것도 '마술'이었기 때문이다. 10엔짜리 동전을 이용한 더 평범한 마술이었는데 거기다 중요한 장면에서 게이타로가 숨기고 있던 동전을 떨어뜨리기까지 했다.

"야, 속임수가 들통났어."

"처음부터 다시 해라."

"여전히 마무리가 허술하네, 반장!"

다들 한마디씩 했다.

전체적인 분위기가 흐트러졌을 무렵에 잠시 휴식을 취했다. 다섯 번째 팀이 준비하느라 시간이 걸렸다. 그 사이 다들 과자를 놓아둔 쪽으로 몰렸다.

남들보다 훨씬 많이 집어 든 것은 말할 필요도 없이 타보였다. 포테이토칩으로는 배가 차지 않다는 듯이 두툼한 전병을 잔뜩 먹어 댔다.

한 손에 사과 주스를 들고 그걸 마시는 척하면서 그 모습을 바라보던 히로는 입을 몇 차례 벌렸다 다물었다 하며 준비를 한 뒤에 '저어' 하고 옆에 앉은 게이타로에게 말을 건넸다.

"너만 알고 있어."

"응? 또 뭔데?"

"타보 말이야."

"타보?"

"나 지난번에 우리 엄마한테 들었어. 타보가 다니던 초등학교 이야기."

"아아, 후쿠시마에 있는 학교라면서? 대지진이 지나간 뒤에 타보만 이곳으로 왔다고 하던데."

게이타로는 종이 접시에 담긴 팝콘을 입에 던져 넣으며 바로 대꾸했다. 히로는 깜짝 놀랐다.

"너 어떻게 알았어?"

"엄마한테 들었다고 해야 하나? 이미 대부분 알아. 다들 알고 있다는 걸 타보도 알지. 지난번에 타보가 내게 '마마도루'를 선물로 주더라."

"마마도루?"

"타보 고향에서 만드는 과자. 아, 그게 네가 노로 바이러스 때문에 학교에 나오지 못할 때였나?"

으악! 갑자기 타보의 비명이 들렸다. 그쪽을 보니 전병을 가로채려던 소타와 밀치락달치락하고 있었다. 힘을 써서 되찾으려는 타보와 주먹을 쥐고 타보의 몸에 대고 빙빙 돌리는 공격으로 맞서는 소타의 전병 쟁탈전.

히로는 쩨쩨하면서도 평화로운 그 광경을 바라보면서 '그런가?' 하고 중얼거렸다. 대부분 알고 있었나? 다른 아이들이 안다는 사실을 타보도 알고 있었던 건가?

안도하면서도 히로의 가슴속에 피어오른 것은 말로 표현할 수 없는 허탈감이었다.

결국 마지막까지 이런 식이라니……

팝콘을 계속 집어먹는 게이타로 옆에서 히로는 시선을 들어 먼 곳을 바라보았다.

1학년 A반에서 일어난 대부분의 일은 나를 무척 고민하게 만들었다. 그리고 내가 모르는 사이에 해결되어 갔다.

"간식 타임 종료! 다음 팀 준비 완료. 의욕 충만한 공연은 '노래와 춤'. 큰 박수 부탁해."

"오예!"

"와, 기다렸어."

스마트폰과 연결된 앰프에서 후가가 녹음한 피아노 연주가 흘러나왔을 때만 해도 히로는 여전히 '마마도루' 생각을 하고 있었기 때문에 통 흥이 나지 않았다.

다른 아이들은 모두 신이 나는 모양이었다. 다섯 번째로 등장한 팀은 무엇보다 인원부터 많았다. 마코토, 고노짱, 리오, 아리스, 미나, 유우카, 후가, 치즈루, 시호린, 레이미. 총 인원 열 명. 노래는 '태풍일과'의 히트곡 메들리.

열 명이라 두려울 게 없다는 듯, 곡에 맞춰 신나게 춤추기 시작한 아이들은 옷도 빨강과 하양 두 가지 색깔로 통일했고 목에는 모두 빨간 스카프를 둘렀다. 쉬는 시간에도 복도에서 자주 연습했기 때문에 노래와 춤이 척척 맞았다. 역시 리듬감이 뛰어난 후가가 센터를 맡았다. 후가는 여자아이들에게 둘러싸여 춤을 추었다.

그래, 당연히 후가가 중심이겠지. 어떻게 보더라도. 어라, 그런데……?

남들보다 한 박자 늦게 박수를 치던 히로는 뭔가를 발견했다.

어쩐 일인지 히로의 시야에서 센터 위치에는 리오가 있었다. 팔다리가 길쭉한 후가가 아니라 자그마한 리오가 가장 먼저 눈에 들어왔다. 살짝 토라진 듯한 멋쩍은 표정으로 완벽한 스텝을 밟는 리오. 왠지 가끔 그 눈이 히로를 보는 듯했다.

이게 대체 뭐지……?

히로가 혼란스러워하는 가운데 '태풍일과' 메들리는 끝이 났다. 그칠 줄 모르는 박수 속에 열 명이 제자리로 돌아가자 이어서 여섯 번째, 마지막 조의 차례가 왔다.

"드디어 라스트. 오늘의 비밀 병기. 공연은 먼저 한 팀과 마찬가지로 '노래와 춤'. 마지막 무대를 책임진다! 오늘을 위해 결성된 수영부 팀, 그 이름 스위머스! 컴 온, 레츠 고, 스위머스!"

신페이가 큰 목소리로 소개하자 복도에서 남학생 세 명이 뛰어 들어왔다. 그 순간 교실은 폭소의 도가니가 되었다.

신야, 타보, 류야. 세 명 모두 수영 팬티 한 장만 걸치고 머리에는 수영모, 얼굴에는 고글을 썼다. 순서를 기다리는 동안에도 복도에서 달달 떨었을 것이다. 그 온몸에 돋은 닭살을 떨쳐 내려는 듯 교실 안으로 마구 달려 들어

와 자유형, 접영을 흉내 낸 춤을 추면서 큰 소리로 노래
를 불렀다.

지금 내 소원이 이루어진다면
꼬리지느러미가 필요해
내 엉덩이에 상어처럼
헤엄치는 꼬리지느러미를 만들어 줘
수영장에서 바다로 꼬리지느러미 흔들흔들
헤엄쳐 가고 싶어
꼬리지느러미를 펄럭이며
육상 훈련 없는 하와이 바다로 가고 싶어

온몸을 던진 세 명의 퍼포먼스에 다들 갈채를 보냈다.
신페이와 소타는 함께 춤을 추었고 후지타 선생님도 눈
물까지 흘리면서 웃었다.

그야말로 피날레 무대에 어울리는 마지막 공연을 보여
준 스위머스 세 명은 사실 평소에는 소극적인 남자애들
이다. 곡이 끝나자 바로 정신이 든 듯이 서로 얼굴을 마

주 보며 다투어 복도로 뛰쳐나갔다.

몇 분 뒤, 교복으로 갈아입고 세 명이 살금살금 돌아왔을 때도 교실에는 갈채가 완전히 가라앉지 않았다.

"자, 해산 파티도 드디어 대단원의 막."

신페이가 더 큰 목소리로 외쳤다.

"마지막은 우리 반 모두가 함께하는 노래로 마무리. 노래는 합창 경연 대회 자유곡. 반주는 후가의 스마트폰……이 아니라, 무려 화려한 이중주!"

다들 다마치 가호를 주목하고 이어서 그 시선을 후가 쪽으로 돌렸다. 하지만 누구도 움직이려고 하지 않았다. 애당초 이 교실에는 피아노가 없다. 대신 서둘러 악기를 준비하기 시작한 사람은 취주악부 소속 두 명이었다.

치즈루의 클라리넷과 시호린의 플루트. 신페이가 지휘봉을 치켜들자 투명한 소리가 교실 안에 울려 퍼졌다. 그 풍요로운 음색이 전주를 연주하기 시작하면서 클래스메이트 스물네 명 사이에는 조금 전까지의 흥분이 가라앉고 합창 경연 대회에서 보여 주었던 조용한 결속이 되살아났다.

모두의 목소리가 어우러졌다. 소프라노와 알토, 테너가 서로 섞여 깊은 숲처럼 깊이 있는 하모니를 빚어냈다. 나뭇잎 사이로 비치는 햇살 같은 소리의 빛으로 가득 찬다.

인원이 많은 2학년이나 3학년 어느 학급에도 지지 않겠다. 그날 다들 한마음으로 무대에 올랐다. 그 연대감이 되살아났다. 기분 좋게 어우러진 스물네 명의 숨결. 무대 아래서 지켜보는 후지타 선생님의 웃는 얼굴. 거의 마지막 순간에 너무 힘을 준 신페이의 손에서 쑥 빠져나갔던 지휘봉. 다들 쓴웃음을 지었다. 그런 사고에도 흔들리지 않았던 피아노 반주.

노랫소리에 이상한 음이 섞였다. 누가 훌쩍거리고 있다. 다마치 가호였다. 그리고 그 파문은 점점 퍼져 미나와 유우카도 훌쩍거리기 시작했다.

신페이가 지휘봉을 내리자 조금 전까지만 해도 까불거리던 남자애들 표정도 차분해졌다.

단 한 명, 여운에 젖을 틈도 없이 안절부절못한 사람은 히로였다.

지금이야. 신페이와 눈짓을 나누고 히로는 얼른 그 자리를 떠나 복도로 빠져나갔다. 그리고 두 칸 옆에 있는 교실을 향해 달렸다.

그날 아침, 히로가 C반 교실 진열장에 숨겨 놓았던 것은 그대로 남아 있었다.

후지타 선생님에게 모두의 마음을 담아 글을 남긴 색종이와 스물네 송이 스위트피 꽃다발. 1학년 A반을 대표해 마코토와 둘이서 그걸 후지타 선생님에게 드린다. 모든 걸 신페이에게 맡겼던 파티 가운데 그것만이 유일하게 히로가 맡아야 할 일이었다.

말하자면 반장으로서 유종의 미. 타이밍을 놓칠 수는 없는 일이다.

잔뜩 긴장하면서 A반 앞까지 달려 돌아오니 마코토가 복도에서 히로를 기다리고 있었다. 어쩐 일인지 신야와 가호도 함께였다.

"마코토, 들어가자."

히로가 서둘러 마코토에게 꽃다발을 건네고 교실 문을 열려고 했다.

바로 그때 마코토가 뒤에서 불렀다.

"히로, 잠깐만. 저어, 내가 생각해 보았는데 말이야……."

히로를 똑바로 보지 않고 빨간색과 노란색 꽃에게 속삭이듯 마코토가 말했다.

"꽃다발과 롤링 페이퍼 전달, 우리보다 신야와 가호가 맡는 게 선생님이 더 기뻐하실 것 같아서……."

"뭐?"

교실 문에서 손을 떼고 히로는 신야와 가호를 돌아보았다.

한 해 동안 1학년 A반에서 누구보다 후지타 선생님을 고민하게 만든 두 사람이었다.

마코토가 하는 말의 의미는 충분히 이해가 되었다.

"……."

어젯밤, 두 시간에 걸쳐 궁리했던 '롤링 페이퍼를 드리면서 할 말'을 머릿속에 떠올리면서 히로는 손에 든 롤링 페이퍼를 5초쯤 말없이 바라보았다. 그리고 그걸 신야에게 건넸다.

"신야, 잘 부탁해."

"진짜야? 난 이런 거 창피한데."

"좀 전에 수영 팬티만 입고 춤을 춘 건 누군데?"

투덜거리면서도 롤링 페이퍼를 받아 든 신야 옆에서 가호도 마코토가 맡긴 꽃다발을 품에 안고 있었다.

신야와 가호. 두 사람이 교실 안으로 들어가는 모습을 히로는 복도에 우두커니 서서 지켜보았다. 후지타 선생님이 깜짝 놀란 눈으로 두 사람을 돌아보는 모습을. 클래스메이트들의 박수 속에 꽃다발과 롤링 페이퍼를 선생님께 드리는 모습을. 후지타 선생님이 스물네 송이 꽃에 얼굴을 묻고 어깨를 들썩이는 모습을. 1년 치 햇살을 응축시킨 듯 따스한 공기가 교실을 가득 채워 가는 모습을.

"여러분. 오늘 정말 즐거웠어요. 고마워요. 새 학기에 다시 만납시다. 같은 반이 되어도, 같은 반이 되지 못해도 다시 만나요. 무슨 일이 있으면 언제든 수영부로 오도록."

후지타 선생님이 활짝 웃는 표정으로 말했다.

"자, 그러면, 1학년 A반, 해산!"

신페이가 이렇게 마무리를 짓자 다들 볼일이 생각난 사람들처럼 빠르게 움직이기 시작했다.

눈 깜빡할 사이에 책상을 원래 자리로 옮기고 남은 과자를 편의점 봉투에 나누어 넣고 바로 해산했다. 학원, 레슨, 문자 보내기, 라인 대화 답장, 블로그 글 올리기, 학원 숙제, 어머니 심부름, 쇼핑, 강아지 산책, 게임 공략— 중학생은 바쁘다.

구보 유카가 책상 정리를 마지막으로 점검하고 '됐어' 하며 교실을 나가자 1년 전처럼 텅 빈 교실에는 히로 혼자만 덩그러니 남겨졌다.

이제 반장 임기를 마쳤고 오늘은 배구부 연습도 없다. 이런 날쯤은 느긋한 기분으로 혼자 있고 싶다. 그래서 함께 돌아가자는 게이타로에게 먼저 가라고 했다.

"기분이라니, 무슨?"

"그야 무사히 반장 임무를 마친 기분."

게이타로는 말없이 먼저 돌아가 주었다.

그렇지만 막상 혼자가 되니 후련한 기분을 느낄 수가

없었다. 느끼려고 하면 할수록 지금까지 지내 온 나날이 종잡을 수 없는 물거품처럼 흔적도 없이 쓱 사라지고 만다. 고민했던 일도, 우울해하던 일도 모두 '지난날'이라는 상자 안에 담겼다. 텅 빈 교실처럼 허전한 '지금'은 이미 반장이 아닌 히로를 허전하게 만들었다.

이제는 당번 이름도 적혀 있지 않은, 깨끗한 칠판. 자기 자리에서 멍하니 그걸 바라보다가 히로는 문득 칠판에 가면 라이더 그림을 그리고 싶어졌다. 초등학교 2학년 때까지 밤낮 그 그림만 그렸다.

그런데 막상 칠판 앞에 서니 그릴 수 없었다. 눈은? 입은? 코는? 자세한 부분이 기억에서 사라졌다. 초등학교 2학년 이후 한 번도 그리지 않았으니 당연한 일이다. 포기하고 분필을 내려놓았다. 손가락에 흰 가루만 묻었다.

히로는 바로 그날 이후로 슈퍼 히어로와 헤어졌다.

지금도 잊지 못한다. 학교 선생님이 칭찬해 준 글짓기를 의기양양하게 어머니에게 보여 드린 날이었다.

나는 장차 가면 라이더 같은 슈퍼 히어로가 될 겁니다.

세상을 악으로부터 구해 힘든 사람들을 기쁘게 해 줄 겁니다.

선생님이 '참 잘했어요' 도장을 찍어 준 작품. 의기양양하게 읽은 히로에게 어머니는 난감하다는 표정을 지으며 이렇게 말했다.

"이 아파트에 이사 온 마코토짱, 늘 혼자 외로워 보이더라. 히로, 너하고 동갑이잖아. 가까이에 사는 여자애 한 명도 제대로 위해 주지 못하는 남자가 커서 슈퍼 히어로가 될 수 있겠니?"

어린 마음에 충격을 받았다. 그리고 어린 생각에도 앞으로는 텔레비전에 나오는 사람들보다 내 주변을 더 잘 살피고 더 깊이 생각하는 사람이 되기로 마음먹었다.

히로는 마코토에게 같이 놀자고 말을 걸었다. 누나 레아도 함께 놀았다. 마코토는 히로보다 레아를 좋아했다. 심심하니까 다른 애들도 불러 놀며 그 아이들에게도 잘 대해 주었다. 자연히 히로를 좋아하는 아이들이 점점 많아졌다. 히로는 늘 리더였고 항상 반장이었다.

리더십이 있는 것은 아니다. 아이들이 히로를 좋아하는 까닭은 아이들이 싫어할까 봐 두려워 히로가 노력하기 때문이다. 남들 눈치를 보고 무리하다 보니 헛일이 많았다. 그런데도 중요한 순간에는 도움이 되지 못하는 나.

그래도 아직 믿는다. 비록 슈퍼 히어로가 되지 못하더라도 언젠가는 더 나은 내가 될 수 있을 거라고. 한 걸음 한 걸음 땅에 발을 디디며 나아가면 앞으로 이 세상에서 일어나는 슬픈 일들을 그저 슬퍼하기만 하지는 않는 내가 될 수 있을 거라고.

그만 집에 가자.

손가락에 묻은 분필 가루를 털고 히로는 책가방을 어깨에 걸쳤다. 교실에 두고 쓰던 물건들을 모두 쑤셔 넣었더니 여느 때보다 무겁다. 그렇지만 히로 스스로도 작년 이맘때보다 몸무게도 늘고 어깨도 튼튼해졌다.

집에 가면 드라마 다시보기라도 하자. 게이타로를 불러 함께 봐도 좋다. 그렇게 마음을 추스르며 교실을 뒤로하고 오가는 사람이 없는 교사를 나왔다.

바깥 공기는 날마다 따스해진다. 그렇지만 방심하면

가끔 겨울의 꼬리처럼 차가운 바람이 뺨을 때린다.

흙먼지가 이는 운동장 옆을 지날 때였다. 문득 어떤 얼굴이 머릿속에 떠올랐다. 오래달리기 대회 직전, 운동장 사용 금지 기간이 있었다. 그런데도 그걸 무시하고 운동장을 달리던 여자애. 무법자 같은 그 행동을 떠올리며 빙긋 웃던 히로는 그만 숨을 멈추고 그 자리에 멈춰 섰다.

방금 머릿속에 떠오른 그 얼굴이 저 앞에 있다. 교문 기둥에 기대어 선 리오의 스커트 자락이 바람에 펄럭였다.

땅을 디뎌야 할 발이 둥실 허공으로 떠올랐다. 거기 있는 리오가 왠지 자기를 기다리고 있는 것 같은, 나 때문에 거기 있는 것 같은 기분이 들었다. 그리고 영문도 모르게 심장이 마구 뛰기 시작했다. 쿵쿵쿵쿵. 이건 뭘까. 내가 병에 걸린 걸까? 심장이 좋지 않은 걸까?

바람이 실어 나르는 벚꽃 잎이 하늘에서 춤을 추었다. 봄이 춤을 춘다. 낯선 계절이 저 앞에서 나를 기다리고 있다.

옮긴이 권일영

중앙일보사에서 기자로 일했고, 1987년 아쿠타가와상 수상작인 무라타 기요코의 〈남비 속〉을 우리말로 옮기며 번역을 시작했다. 2019년 서점대상 수상작인 세오 마이코의 《그리고 바통은 넘겨졌다》를 비롯해 미야베 미유키, 기리노 나쓰오, 히가시노 게이고, 하라 료 등 주로 일본 소설을 우리말로 옮기는 번역가로 활동하고 있다. 그밖에도 에이드리언 코난 도일과 존 딕슨카가 쓴 《셜록 홈즈 미공개 사건집》 등 영미권 소설도 번역했다.

클래스메이트 —2학기

초판 1쇄 발행 | 2020년 6월 1일

지은이 | 모리 에토
옮긴이 | 권일영
발행인 | 김태진 승영란
마케팅 | 함송이
경영지원 | 이보혜
디자인 | 여상우
출력 | 블루엔
인쇄 | 다라니인쇄
제본 | 다인바인텍
펴낸 곳 | 에디터유한회사
주소 | 서울특별시 마포구 마포대로 14가길 6 정화빌딩 3층
전화 | 02-753-2700, 2778
팩스 | 02-753-2779
출판등록 | 1991년 6월 18일 제313-1991-74호

값 12,000원
ISBN 978-89-6744-218-7 04830
      978-89-6744-216-3 04830 (세트)

- 잘못된 책은 구입하신 곳에서 바꾸어 드립니다.
- 스토리텔러는 에디터유한회사의 문학 출판 브랜드입니다.